# CONFUSIONS

www.editions-jclattes.fr

Marie Tanguy

# CONFUSIONS

LA GRENADE

JC Lattès

Conception graphique de La Grenade : Sarah Kahn
Couverture : Manon Bucciarelli

ISBN : 978-2-7096-6734-0

Première édition septembre 2020.

*À Manuel et Avril*

Assise en tailleur sur la chaise en fer percée d'alvéoles, je tente de ne penser à rien. Je regarde la pendule et suis pendant une minute le trot circulaire de sa plus fine aiguille. Je regarde l'adolescent assis en face de moi. Capuche rabattue sur le crâne, les poings compressant ses joues, son talon martèle le sol.

Ce geste me rappelle David. Lui aussi était toujours nerveux, la cuisse sans cesse agitée de spasmes, quand il n'arpentait pas notre minuscule bureau comme un lion en cage.

La comparaison s'arrête là. L'adolescent a des joues pâles et des pouces sans ongles. Je l'imagine nourrir des idées suicidaires, à moins qu'il n'ait essayé d'étrangler quelqu'un. Il porte un sweat à l'effigie d'un groupe de métal qui fait l'apologie de l'immolation.

Je me concentre sur ce sweat et son message en lettres gothiques, afin de ne pas voir les magazines éparpillés sur la table basse. Le candidat me sourit sur trois couvertures différentes : à la plage, en short de bain à pois ; à La Réunion, devant un stand de bananes ; appuyé contre son bureau, ajustant le nœud de sa cravate. Ses yeux bleus inscrivent un peu plus la honte en moi.

Quelques chaises plus loin, une dame énorme, coupe au bol et baskets à scratch, marmonne des reproches à l'attention de son sac à main. Un homme marche à pas millimétrés, de la porte d'entrée à la machine à café. Ayant atteint son but, il repart dans l'autre sens, et ainsi de suite. Il est en pyjama.

Tous ont une tête à être ici, dans cette salle aux murs jaunes, où un haut-parleur crachote vainement quelques airs de violon. Une femme, derrière la porte d'une chambre anonyme du service, a hurlé « À mort ! », déchirant l'apathie des lieux. Après quelques agitations, une cavalcade d'infirmiers lancée dans les couloirs, un brancard poussé à la hâte, le calme est finalement revenu.

Ai-je une tête à être ici ?

Bouffie, les cils encore poisseux de larmes, avec mon vieux tee-shirt troué et le sac à dos rose dans lequel j'ai glissé à la hâte une trousse de toilette, j'ai sans doute une tête à être ici.

J'y suis, en tout cas, depuis environ deux heures, quand l'infirmier s'approche de moi.

— Venez, mademoiselle, nous allons nous installer dans l'espace d'entretien, pour faire votre dossier.

Un paravent détache l'espace d'entretien de la salle d'attente. Nous nous y installons.

— Qu'est-ce qui se passe, pourquoi avez-vous besoin d'aide ? me demande l'infirmier avec douceur.

Il est jeune, des traces d'acné dans sa barbe.

— Je ne saurais pas par où commencer…

Ou plutôt, je sais qu'il me faut commencer par le début, revenir vingt ans en arrière. Avec difficulté, je présente les différentes étapes : une phrase sèche pour chaque naufrage, chaque victoire. Exposé ainsi avec distance, mon parcours en pic et en creux semble pourtant suivre une pente ascendante. J'évoque les trois dernières années de stabilité approximative ; la vie normale, quoi qu'il en soit. Il prend des notes.

Ses questions sont prudentes, nous avançons progressivement. Un traitement actuellement ? Pas de traitement. Des pensées suicidaires ? Fréquemment ces deux derniers mois, pas du tout ces six dernières années. Situation conjugale, des enfants ? Je hausse les épaules.

— Mais alors, si je comprends bien…

Il regarde alternativement ses notes et mon pauvre visage.

— … Actuellement, c'est quoi votre métier, mademoiselle ?

C'est le moment où je m'effondre. Il ne peut plus rien pour moi.

Ces deux derniers mois, j'ai passé près de cinq cents heures dans une pièce de onze $m^2$ qui était l'endroit le plus stratégique de France, mais qui avait fini, au fil des semaines, par prendre l'allure d'un campement sauvage.

La moquette était maculée de café, d'encre et de miettes. L'unique poubelle débordait continuellement de sacs en papier bleu Deliveroo. En fin de journée, l'odeur de sueur se mêlait à celle de la sauce soja. « Ça sent le fauve, chez les Idées », lançait Sibeth quand elle apparaissait dans l'encadrement de la porte.

Nos bureaux, encombrés de livres, de notes, de lettres, n'offraient qu'un petit carré d'espace libre à chacun pour poser son Mac.

Je me souviens des courriers jamais décachetés, « à l'attention de monsieur le conseiller… », émanant du RSI, du Syndicat national des industriels et professionnels de l'œuf ou de toute autre corporation que nous attaquions à la hussarde, et qui s'amoncelaient sur la table que nous partagions à trois.

Je me souviens des ouvrages improbables que leurs auteurs avaient offerts au candidat et dont il s'était débarrassé chez nous (*Les langues régionales, richesses françaises* ; *Rapport sur les troubles musculosquelettiques des employés de la logistique*). Un soir, je m'étais amusée à en lire les dédicaces. J'aurais dû les noter, en faire un petit recueil.

Je me souviens des documents couverts de graphiques et de nuages de points de Denis, notre monsieur sondage, qui faisaient l'objet d'attentions anxieuses de la part de l'équipe. « Quel est le rolling du jour, Denis ? »

Maître de la courbe des intentions de vote en temps réel, exégète du peuple découpé en sous-catégories, Denis aimait garder une part de mystère sur son art. Ce qui ne l'empêchait pas de nous dispenser des conseils catégoriques : « Ne vous fiez pas au dernier Elabe, c'est du flan », ou encore : « Ne soyez pas naïf sur la poussée de Mélenchon. » Tout échange professionnel avec Denis s'achevait invariablement par l'évocation des classes moyennes – le Graal, la clé, le pompon de cette élection –, auxquelles notre candidat ne savait décidément pas s'adresser (« Par pitié ! Arrêtez de le faire citer René Char ! Des phrases courtes ! Des mots simples ! »).

Je me souviens des dossiers que Valérie, la secrétaire particulière, déposait sur notre bureau : glissés dans une chemise, des notes et des discours, commentés par le chef à l'encre bleue. Des verbes à l'infinitif, rarement plus d'une phrase, qui arrachaient des soupirs à mes collègues.

Minuscule et sale, notre bureau était aussi une passoire thermique.

Une baie vitrée ouvrait sur le balcon qui bordait le sixième étage. Nous assistions ainsi au ballet incessant des conseillers au téléphone. Je les revois précisément : Sylvain, Benjamin, Stéphane, Julien, la garde rapprochée du candidat ; arpentant à toute heure cette bande de béton, écouteurs dans les oreilles et portable à la main, prononçant des mots que je n'entendais pas, s'accoudant parfois à la balustrade pour regarder les immeubles que le ciel enveloppait de mauve à l'approche de la nuit.

Les rares jours ensoleillés de février nous avaient laissés croire que ce bureau était « lumineux ». Mais lorsque le soleil se fit plus ardent, dès mars, il se transforma en four. D'autant que la baie vitrée avait été condamnée. Au début, elle fermait mal, laissant s'engouffrer le vent et la pluie. Un soir, une énorme bourrasque avait soulevé des liasses de notes et fait claquer la porte. Une vitre s'était brisée. Notre bureau était un navire dans la tempête. Pendant une semaine, nous étions restés ainsi, dans le froid. L'ouvrier de la maintenance qu'on se décida finalement à nous envoyer répara la vitre, mais scella la poignée.

Certains jours, la chaleur était insupportable. Après 15 heures, nous allions tous chercher asile ailleurs, qui sur le canapé, qui dans le bureau de Jean, l'idéal étant la salle de réunion au bout du couloir, propre et fraîche, mais rarement inoccupée.

Ce bureau était dangereux.

Je le ravitaillais en bouteilles d'eau et en cagettes de clémentines, qui trônaient sur le caisson quand Denis n'y allongeait pas ses jambes. « J'peux t'en piquer une ? » me demandaient nos visiteurs avant de sortir. J'étais heureuse de les nourrir tous. Mais à côté de mes fruits et de mon eau gazeuse, il y avait pire : amandes, bonbons, chocolat, sans compter les Kinder Bueno que Brigitte déversait par dizaines sur nos bureaux. Denis avait toujours un paquet de M&M's ouvert, et il insistait sans cesse pour m'en faire profiter – avec toute la gentillesse qui le caractérisait, mais à mon gros désespoir.

Dans ce bureau minuscule, nous étions cinq à travailler. Cinq personnes composant le pôle Idées.

Denis occupait le fauteuil le plus confortable. Doux, franc, taquin, plus âgé que la plupart d'entre nous et adoptant de ce fait une posture paternelle qui me convenait bien, Denis s'était pris d'affection pour moi. Sa présence me rassurait, mais ses habitudes alimentaires n'arrangeaient pas mes affaires. Dans les périodes de stress, m'expliquait-il, rien ne le consolait plus que du sucre et du gras. J'essayais, en vain, de l'orienter vers les compotes en tube. Il en revenait toujours à ses barres chocolatées.

Notre arlésienne, pendant deux mois, fut ce déjeuner que nous n'avons finalement jamais partagé. Souvent programmé, toujours repoussé, parce qu'une réunion venait s'intercaler à 13 heures, et qu'il avalait un sandwich devant son ordinateur ; ou parce que je préférais m'isoler loin du QG pour manger. La semaine précédant mon départ, nous avions convenu que ce déjeuner aurait lieu le lundi suivant. « Et rien ni personne, ni le ciel ni les hommes, ne pourra nous en empêcher », avais-je gravement déclaré. Le lendemain de mon départ, il m'envoya un mot : « Le destin… »

Denis était installé à ma gauche. Dans mon dos officiait Didier.

Petit, la cinquantaine, Didier avait quitté ses fonctions de directeur général adjoint dans une grande entreprise de télécommunication pour coordonner le programme régalien. Bien qu'il collaborât depuis plusieurs mois avec l'équipe d'EM, son arrivée officielle au QG était survenue le même jour que moi.

Occupant l'un des postes les plus exposés de l'équipe, en charge des sujets parmi les plus sensibles, Didier ne se singularisait pas spécialement par son sang-froid. Je l'entendais souvent dire : « Si c'est comme ça, je vais retourner vendre des téléphones. » Mais il pouvait aussi être d'humeur joyeuse et, sur son initiative, les blagues fusaient dans le bureau. Quentin et David n'étaient jamais en reste. « Comment faites-vous pour les supporter ? » me demandait Richard, le secrétaire général, quand il entrait dans notre bureau. « Je ne les supporte pas, Richard », répondais-je invariablement.

Didier racontait les histoires mieux que personne. Celle du petit Domi, dont je ne me rappelle plus ni le début ni la chute, mais qui durait dix bonnes minutes, provoquait la jubilation de Quentin. Il passait ses journées à recevoir en entretien des généraux bardés de médailles, et à commander à ses troupes des notes qu'il présentait au chef en son nom. Partout, dans les ministères régaliens, les commissariats, les états-majors, au Conseil d'État ou parmi les représentants des différents cultes, il y avait des gens que Didier pouvait appeler en urgence et qui acceptaient de lui faire suivre des éléments de langage dans l'heure.

Si un dégagement de fumée était signalé dans une centrale nucléaire, si une explosion retentissait quelque part, ou dès lors qu'une bavure policière était soupçonnée, Julien, le secrétaire général adjoint, déboulait dans le bureau : « Didier : il se passe quoi ?? » Alors Didier soupirait et il prenait son téléphone.

Didier avait cette politesse que les gens bien nés appliquent à leurs relations quotidiennes, pour ne jamais s'y impliquer. C'est une des choses que j'ai découvertes dans ce bureau. Et comme la plupart des choses que j'y ai découvertes, je ne m'y suis jamais habituée.

Denis à ma gauche, Didier dans mon dos.

À ma droite, il y avait Quentin. Contre la baie vitrée, il y avait David.

Ces deux-là, je ne saurais les présenter en quelques lignes.

— Quel jour ? Quelle année ? Quel endroit ?

— 12 avril, 2017, J-11 avant le premier tour, Sainte-Anne. Quel est le sens de votre question ?

— Vous n'êtes pas donc pas si confuse, déclare la psychiatre. Pourquoi parlez-vous de confusion ?

Voilà pourquoi je me tiens soigneusement à distance de cette profession. Mais j'ai besoin d'aide. Ce n'est pas le moment de faire la maligne.

— Confusion, c'est le mot qui exprime le mieux l'expérience que j'ai vécue, et c'est encore celui qui qualifie le mieux l'état dans lequel je me trouve aujourd'hui, dis-je, cachant mal mon agacement.

La psychiatre fait tinter les bracelets en métal qui enserrent son poignet, d'un geste qui signifie : « Développez. »

— Il y a trois mois, j'avais un travail, des amis, des activités, un amoureux. J'étais pleine d'angoisses et de doutes, et tout était compliqué. Mais j'avais quelques certitudes. Je ne doutais pas de ma place ni de l'importance de mon travail. Je ne doutais pas de mes opinions politiques. Je ne doutais pas de mon existence.

— Hum.

— Aujourd'hui, j'ai perdu le contrôle de mon corps, j'ai perdu le contrôle de ma pensée, je dis des choses grotesques à des gens qui me sont étrangers, et quand je traverse un passage clouté je voudrais qu'une voiture redémarre pour me jeter sous ses roues.

— Je vois.

— Je ne sais plus du tout qui je suis ni de quoi je suis capable. Je ne sais plus où j'habite. Je ne crois plus en rien.

— En rien ?

— Je crois en l'amour de mes parents. Je crois que la gauche que j'aime n'existe nulle part ailleurs qu'à la CFDT.

— Hum.

Elle consulte quelques notes ramassées sur un formulaire, la traduction que l'institution psychiatrique a faite du récit de mes deux derniers mois.

— Vous avez déjà pris des médicaments ? Quoi comme médicaments ?

— Pardon mais pour moi ce n'est pas clair. Quelqu'un trouve que c'est clair ?

— Pas clair. On nage en pleine confusion.

— Mais pas du tout ! Julien, dis-leur !

— Alors c'est très simple. Nous avons deux objets politiques. Le premier, c'est le 32 pages, c'est le *projet*.

(Le projet, c'est le programme.)

— Le 32 pages, c'est le projet, donc c'est exhaustif : toutes les mesures y seront présentées.

— C'est l'équivalent des 144 engagements pour la France de MLP, en gros.

— Voilà.

— Donc c'est sur le site Internet ?

— Non ! Si ! Enfin ce qui est sur le site Internet, ce sont les fiches thématiques.

— Le 32 pages, c'est thématique ?

— Non !

— Si !

— Enfin c'est rubriqué, mais ce n'est pas forcément des entrées thématiques du genre Europe, Travail… Ça peut être des concepts : libérer, protéger…

— Non, les concepts c'est pour le livre ! Le livre, c'est le deuxième objet politique.

— Mais du coup, il y a trois objets non ? Avec le site Internet.

— Concentrons-nous. Je reprends. Il y a le 32 pages, c'est le programme, enfin c'est le projet.

— Le 32 pages, c'est le tract en fait.

— Oui ! Exactement ! Tirage 8 millions d'exemplaires. Diffusion marchés, métro, boîtes aux lettres. Tractage, quoi.

— Ensuite, il y a le livre. Le livre, c'est le *contrat avec la nation.*

— C'est différent du projet ?

— Attends, attends, là, c'est la base. Tu as d'un côté le projet, de l'autre le contrat avec la nation.

— Et donc le contrat avec la nation, c'est le cœur du projet, celui sur lequel le président engagera son capital politique.

— Vu qu'il présidera, et qu'il ne gouvernera pas, tout ça.

— En gros, le taux de TVA appliqué à l'audiovisuel public, c'est le projet. La réforme des retraites pour accompagner les mutations du travail, c'est le contrat avec la nation.

— Mais il faut vraiment deux objets ?

— Évidemment. Pour illustrer la rupture de la démarche. Ce sera un petit livre, une quarantaine de pages max. Il faut l'écrire avant la fin de la semaine (*regard appuyé dans ma direction*).

— Mais avant, on doit se mettre d'accord sur les chapitres. Et ça c'est un travail politique (*approbation générale et hochements de tête entendus*).

— Mais pourquoi ne pas reprendre les rubriques du 32 pages ?

Choc, désespoir et regards lourds de reproches échangés de part et d'autre de la table de réunion.

— Mais surtout pas ! C'est tout l'intérêt d'avoir deux objets politiques différents !

J'écoutais leurs échanges en silence. J'essayais de comprendre le sens de ces mots, de pénétrer la matrice intellectuelle de ces hommes, de « prendre le TGV en marche », selon l'expression de Jean.

Projet, OK. Contrat avec la nation, OK. Mais du coup, c'était quoi, le *plan de transformation* ?

Dans mon bureau s'écrivait un programme présidentiel pour la France.

Ce que seraient, pour les cinq années à venir, les grandes masses budgétaires de notre pays, la structure des prélèvements obligatoires, le nombre de fonctionnaires affectés à la sécurité, aux écoles, aux hôpitaux, sans oublier les horaires d'ouverture des bibliothèques, la part de produits bios dans la restauration collective ou encore le mécanisme d'attribution des logements sociaux : tout cela a été façonné et assemblé devant moi.

J'ai vu des impôts, des crédits d'impôts, des droits sociaux, des règles et des agences, naître, prendre leur élan et mourir sous mes yeux pour la plupart, tandis que d'autres parvenaient à résister à l'épreuve des filtres, des arbitrages, des revirements stratégiques ou des volte-face irrationnelles, pour se frayer un chemin vers le Graal d'une inscription sur un livret de 32 pages signé par le candidat.

Il y eut des moments de suspense véritable, où je me suis demandé avec anxiété ce qu'il adviendrait de la taxe d'habitation, tant son maintien, sa suppression, son exonération partielle, furent longuement et alternativement défendus dans mon bureau.

Je me suis prise d'affection pour des mesures qui semblaient acquises, parce que Jean, Alexis, Clément les avaient laissées vivre, et qui furent pourtant abandonnées en cours de route. Ainsi la gratuité du permis de conduire pour les jeunes, qui m'apparaissait être une belle mesure de mobilité et d'autonomie, et un obstacle levé sur le chemin de l'emploi. Le candidat déclara que c'était démagogique, argument curieux quand on sait les commandes qu'il passa ensuite à ses conseillers.

Certaines mesures virent le jour sur la seule intuition de l'homme qui allait les porter en son nom, ou à la faveur d'une de ses rencontres avec un public spécifique.

Au grand dam de Jean, notre candidat avait tendance à promettre à son audience ce qu'elle avait envie d'entendre. Nous eûmes un grand plan handicap à l'occasion d'une rencontre avec l'Association des paralysés de France. Comme souvent, cet engagement vague pouvait s'accommoder de n'importe quel contenu. Le ministère des Droits des femmes fut annoncé à la faveur d'une interview dans la presse féminine, décision d'autant moins opportune que le candidat s'était engagé à nommer un gouvernement resserré autour d'une quinzaine de portefeuilles.

Au fil des semaines, cet homme transgressif était devenu frileux. Soucieux de conserver son avance dans les sondages, il souhaita multiplier les gestes en faveur du pouvoir d'achat des classes moyennes. L'exonération de cotisations des heures supplémentaires, décrétée lors d'une des rares réunions présidées par lui à laquelle j'assistais, plongea toute l'équipe dans le désarroi. Après avoir construit un discours (un « narratif ») sur les mutations du travail et la nécessaire refondation des protections qui y étaient attachées, nous en revenions au « travailler plus pour gagner plus » de Sarko en 2007 !

Vaillante, l'équipe essayait de limiter la casse, de démontrer l'infaisabilité technique des mesures les plus douteuses, ou de défendre la pertinence politique de certaines propositions dont le candidat ne voulait pas entendre parler.

Il y en a une qui est particulièrement symbolique. Elle marque le point de départ de mon désenchantement.

Quand je suis arrivée au QG, début février, France Stratégie venait de publier une note sur la fiscalité des successions. Cette note proposait de taxer plus ceux qui reçoivent davantage, afin de réduire les inégalités de patrimoine et de financer une dotation pour les jeunes adultes les moins favorisés. J'étais enchantée par cette mesure, qui me semblait servir parfaitement le projet d'EM : permettre la mobilité sociale en luttant contre les injustices de l'héritage, et investir dans l'autonomie des individus. Comme Jean venait de quitter France Stratégie pour prendre la direction du pôle Idées au sein de l'équipe de campagne, je ne doutais pas que cette mesure soit intégrée au programme.

En réalité, EM n'envisagea jamais qu'elle le fût. Soucieux déjà de s'attacher le vote des classes moyennes, il avait décidé que l'héritage était un sujet tabou, et qu'il n'y toucherait pas. Ses conseillers menèrent la lutte. Il n'en démordit jamais.

Cette entaille dans la cohérence intellectuelle du projet me peina. Car c'est cette cohérence qui m'avait séduite. C'est elle qui me faisait admettre la réforme de l'ISF pour préserver le capital productif. Mais l'héritage !

Au fil du temps, je compris que le candidat antisystème réservait ses attaques à la classe politique, à laquelle il n'appartenait pas, mais qu'il n'avait pas l'intention de toucher aux privilèges de la classe économique dirigeante. Où étaient alors, selon lui, les rentes indues ? Seulement chez les cheminots ? Seulement chez les taxis ?

Au regard des rumeurs nombreuses qui circulaient sur l'influence des « forces de l'argent » sur sa campagne, il eût été mieux inspiré de s'attaquer – même symboliquement – à la finance et aux « 1 % ». Il préféra poursuivre mollement les mesures de lutte contre les paradis fiscaux engagées avant lui.

Face aux nouveaux besoins sociaux, pour toute revendication sectorielle, ce candidat avait un réflexe : faisons un crédit d'impôt ! Comme le fit remarquer David, ce n'était pas étonnant qu'il ait été à l'origine du crédit d'impôt compétitivité emploi (CICE), inventé sur un coin de table lorsqu'il était secrétaire général adjoint de l'Élysée. Ce réflexe trahissait une vision de la société que je ne partageais pas : celle qui en appelle à la responsabilité des individus, sans pour autant construire les conditions de leur émancipation.

L'aide aux aidants en est une bonne illustration. Sous l'influence de Brigitte, je crois, le candidat avait décidé de faire un geste pour ceux qui accompagnent au quotidien leurs proches malades ou dépendants. Et pour cela, il voulait créer un crédit d'impôt, qui financerait leurs périodes d'inactivité professionnelle. Forte de mon expérience à la CFDT, j'essayais de faire entendre ma voix : le problème n'était-il pas justement que ces aidants soient obligés de sacrifier leur carrière ? Au lieu de leur demander d'arrêter de travailler, ne devait-on pas les aider à tout concilier ? En créant des établissements de soin de qualité, en formant mieux les professionnels – d'un secteur qui représente en outre un gisement d'emplois –, on pouvait avoir une réponse plus collective, une action plus émancipatrice.

Aide fiscale : le candidat ne voulait rien d'autre. Il préférait donner de l'argent aux gens plutôt que de leur permettre de faire des choix.

Parmi les péripéties qui rythmèrent la vie du programme, même longtemps après son accouchement, celle concernant l'évolution de l'addition budgétaire nous tint tous en haleine. Je la suivis d'une oreille distraite, car les termes de la discussion étaient trop techniques pour moi.

Il avait été décidé que nous ferions 60 milliards d'euros d'économie sur la durée du quinquennat. L'équipe était très fière de présenter le cadrage macro-financier le plus rigoureux de toutes les plateformes présidentielles. Les postes de dépenses, les gisements d'économie, les trajectoires budgétaires : tout avait été soigneusement documenté. Au nom du parler-vrai, au nom du réalisme, au nom de l'Europe et au nom de l'avenir, nous n'allions pas raser gratis : on resterait sérieux.

Mais au fil de la campagne, tandis qu'EM s'affolait sur ses classes moyennes, excité par les notes de Denis, l'équilibre budgétaire se trouva de moins en moins assuré. Les mesures coûteuses s'additionnaient ; les promesses de coupes vacillaient. Clément, en charge du cadrage budgétaire, crut mourir plus d'une fois.

La dotation aux collectivités territoriales fut un cas d'école. Il s'agit de l'enveloppe que l'État alloue aux départements, aux régions, aux communes et aux intercommunalités. Pour résumer les enjeux : il n'y a pas de baisse des dépenses publiques possible sans baisse des dépenses locales, et comme l'État n'a pas la possibilité constitutionnelle de contraindre les collectivités, le seul moyen de faire des économies est de diminuer le montant de ladite dotation.

EM, inspecteur général des Finances et ministre à Bercy, n'était pas sans l'ignorer. Comme tous les hommes de son espèce, il avait grandi dans la haine des dépenses de fonctionnement des collectivités. Mais sans doute parce qu'il était neuf en politique, les élus locaux, ces vieux briscards qui avaient bâti des villes et tenu des régions, exerçaient sur lui une étrange fascination. Il les craignait. Même après avoir obtenu ses signatures de maires en nombre suffisant, il ne voulait pas les fâcher. Aussi, il se décida à promettre que lui, président, il n'y aurait pas de baisses des dotations aux collectivités territoriales.

L'équipe hurla. C'était tout simplement impossible, et le candidat le savait. Affirmer une telle chose était mentir : la dotation baisserait.

Pour ménager la chèvre budgétaire et le chou territorial, on décida que tout était une question de formulation. Le candidat s'engagerait à ne pas procéder à des coupes unilatérales. Il proposerait un pacte (encore un !) de confiance aux collectivités, avec des engagements réciproques, plus de marges de manœuvre réglementaires en contrepartie d'une gestion plus rigoureuse des finances locales, etc. On resterait vague sur le destin de la dotation.

Dans le même temps, la décision d'exonérer 80 % des ménages du paiement de la taxe d'habitation nous avait conduits au bord du psychodrame. Les collectivités craignaient pour leurs ressources et leur autonomie fiscale. L'Association des maires de France, son président à la manœuvre, jeta de l'huile sur le feu à travers divers communiqués.

Nous vécûmes des moments de fébrilité. Clément avait des sueurs froides. Jean, plus techno que politique et décidé à en découdre avec les agriculteurs, les taxis, les petites communes et tous les corporatismes de la République, était excédé.

Les quelques discours où il fut question de ces deux sujets firent l'objet d'une attention extrême. La rédaction des passages concernés devait être précisément ciselée, et validée par une liste infinie de personnes. Trop de sucre ! disait Jean, quand Gérard, le maire de Lyon, avançait des formulations apaisantes pour les élus. On se mit finalement d'accord sur un énoncé précis (« l'État remboursera l'exonération de TH aux communes à l'euro près »), et sur une phrase plus ambiguë sur la dotation que chacun pourrait entendre comme il lui plaisait.

Mais patatras ! Devant l'Association des maires de France, le candidat déclara purement et simplement qu'il n'y aurait pas de baisse, point.

Tandis que les Français s'interrogeaient, que les commentateurs politiques se perdaient en hypothèses sur ce programme qui tardait à être présenté (existait-il seulement ?), moi, petite provinciale instable, j'assistais à tout cela.

Les hommes à la manœuvre de cette entreprise étaient pour certains plus jeunes que moi.

Chaque jour, Quentin, à ma droite, et David, dans mon dos, rendaient des avis susceptibles de bouleverser des vies, et de changer la face d'un pays.

Chaque jour, ils maillaient le territoire de maisons de services publics, d'établissements de santé ou de tribunaux, modifiant la répartition géographique ou sectorielle des effectifs, jouant sur les taux et les bases pour faire bouger les grands équilibres.

J'ai été stupéfaite de découvrir que cet exercice extraordinaire était devenu la routine quotidienne de mes collègues.

Sans états d'âme apparents, Quentin et David sélectionnaient des mesures et en écartaient d'autres, comme si leur seule responsabilité était de trier les produits qui seraient mis en rayon d'un supermarché.

Pour moi qui suis constamment habitée par le doute, il n'était pas possible de comprendre. Ce fut la première violence, celle dont je ne me suis jamais remise.

Le jour de mon arrivée, mercredi 1er février, le sixième étage était occupé à éponger l'annonce fracassante que le candidat avait faite deux heures plus tôt sur France Inter : l'ISF serait supprimé pour moitié.

Tel était bien le projet, élaboré par les experts du candidat et approuvé par son cercle proche. Cependant, la présentation d'une réforme aussi sensible aurait nécessité des prudences de communicant, et quelques concessions à gauche en contrepartie. Le candidat avait pris tout le monde de court.

Rodée à l'exercice, l'équipe se préparait à improviser un service après-vente. Dans les couloirs, je croisais des conseillers au téléphone. Les mots « investissement » et « fin des tabous » ponctuaient leurs conversations.

Jean, arrivé depuis seulement quinze jours, n'était pas serein. Dans le bureau où on m'avait proposé de m'asseoir, en attendant que mon Mac soit configuré, j'assistai à un échange entre lui et David.

Ils évaluaient l'impact de la mesure sur le patrimoine d'un ménage moyen, et s'accordaient sur les arguments techniques à mettre en avant. Une discussion, à laquelle je ne compris pas grand-chose, s'engagea alors pour savoir s'il fallait inclure ou non les terres agricoles dans l'assiette du nouvel impôt. (« La terre, c'est de la rente pure, c'est du Ricardo » ; « Oui mais c'est aussi un outil professionnel, non ? »)

Puis ils en vinrent à s'interroger sur le nom qu'il convenait de donner à cet ISF revisité.

— On garde le terme solidarité ?

— Je pense qu'il faut absolument que la notion d'immobilier apparaisse.

— Ou alors, « non productif » ?

— Richesse ? Fortune ? C'est un peu trop connoté, non ? Plus neutre, patrimoine ?

— Pourquoi pas rente ?

— Non, non.

— Immobilier, c'est certain.

— IFI ? IRI ? IPI ?

En les écoutant, je me demandais s'ils espéraient que je glisse un bon mot dans la conversation, ou que je donne mon avis sur le sigle le plus approprié.

— Impôt sur la fortune immobilière. IFI. Ça sonne propre, je trouve, finit par dire Jean.

— Banco, répliqua David

— *Congrats, Jean, you've just made a tax*, conclut Quentin.

Le ton était donné.

À ce stade du récit, il est sans doute utile que j'introduise quelques explications sur la façon dont ce programme était élaboré.

Si Quentin et David, cinquante ans à eux deux, jouaient un rôle essentiel, ils n'en étaient évidemment pas les seuls rédacteurs. Leur rôle consistait à coordonner les travaux de quatre cents experts réunis en une trentaine de groupes thématiques. Il y avait ainsi le groupe Environnement, le groupe Logement, le groupe Outre-mer (sa simple évocation me provoque de la tachycardie), le groupe Éduc, etc.

Ces experts n'étaient pas salariés d'En Marche. Pour la plupart, ils étaient hauts fonctionnaires, en poste dans des administrations ou des cabinets ministériels, économistes, magistrats. Ils prenaient sur leur temps libre pour participer à la construction du programme.

David et Quentin étaient les interlocuteurs de ces groupes, et Jean était leur responsable. Didier, pour sa part, était en charge de la partie régalienne du projet.

À ces groupes de travail, on avait tout d'abord commandé un « diagnostic » de la situation et des mesures récemment prises dans leurs champs respectifs. Après quoi, on leur avait demandé d'élaborer une plateforme de propositions cohérentes avec la « vision » du candidat : innovantes mais réalistes, structurelles davantage que paramétriques, dûment chiffrées ; et à droite, et à gauche. J'étais arrivée au moment où les premières propositions étaient présentées par les groupes, dans des notes intitulées « EM – plan de transformation. »

David et Quentin étaient chargés de filtrer ces mesures, de les consolider, de les compléter au besoin. Celles qui recevaient leur agrément étaient ensuite transmises pour validation à la direction bicéphale, Jean (JPF) d'une part, Alexis de l'autre (AK, l'ancien directeur de cabinet à Bercy, une machine qui continuait à arbitrer des kilomètres de notes tout en occupant un poste de directeur financier en Suisse, et auquel mes collègues vouaient une admiration sans limite). Didier coordonnait et filtrait les propositions régaliennes. Les mesures qui avaient un impact budgétaire – toutes, à peu près – devaient obtenir le feu vert de Clément, gardien éprouvé de l'équilibre financier du programme, qui conciliait cette fonction avec un métier dans le privé.

David et Quentin étaient donc les chefs de chantier du programme présidentiel. Ils vivaient ce rôle, et l'étendue du pouvoir qu'il leur conférait, avec un détachement d'enfants gâtés.

— Tu nous trouves vraiment insupportables ? me demanda un jour Quentin, à brûle-pourpoint.

Déstabilisée par la question, je bredouillai que non, bien sûr. La vérité est que j'avais aussi souvent envie de leur coller des baffes que de les prendre dans mes bras.

David et Quentin portaient des jugements définitifs sur la qualité du travail des groupes. Ils avaient leurs chouchous parmi les experts, et d'autres qui les désespéraient immanquablement.

Ainsi, sur le handicap, sur la dépendance, sur l'enseignement supérieur et, dans une certaine mesure, sur l'éducation, « on avait un problème ». En d'autres termes, les propositions étaient insuffisamment innovantes, sans impact politique, sans relief. Plus rarement, elles étaient absurdes (Jean ne s'en était pas remis : « La première proposition du groupe Tourisme pour relancer le tourisme ? Taxer le tourisme ! Je n'ai jamais vu ça ! »). Bref, « ça ne volait pas ».

Alors David et Quentin mettaient la main à la pâte pour suppléer aux carences. Ils y allaient de leurs propositions, sans aucune vergogne, avec ce talent immense et cette parfaite déconnexion des réalités vécues qui les caractérisaient.

Les idées fusaient dans le bureau. Leur robustesse était testée sur chacun de nous. Denis levait la tête de ses graphiques : « Les classes moyennes ! N'oubliez pas les classes moyennes ! » Moi, mon avis comptait peu.

C'est ainsi que certaines inventions de dernière minute, quelques intuitions fortes ou même des idées absurdes qui avaient gagné en consistance au fil de la discussion, se retrouvaient inscrites dans les notes d'arbitrage remontées au candidat à la fin de chaque journée.

Timidement, j'essayais de faire passer quelques idées, qui ne « volaient » jamais. Par exemple, je suggérai de développer des activités sportives adaptées pour les malades atteints du cancer. Mes collègues balayèrent rapidement l'idée.

Les propositions sur lesquelles j'avais travaillé à la CFDT – le compte personnel d'activité, la lutte contre les freins périphériques à l'emploi, le Code du travail de l'actif – ne volaient pas non plus. Il est vrai que je les exprimais du bout des lèvres, vaincue d'avance. Je n'avais pas la forme pour faire passer mon fond.

Je découvrais que j'étais d'une race étrange, ni techno comme eux, bien sûr, mais pas « concrète » non plus. Ils attendaient sans doute, étant donné mon origine sociale et mon parcours, que je sache parler aux classes moyennes. Mais le CPA, ça ne parlait pas aux classes moyennes. Leur marketing politique était violent pour moi. Avec le temps, j'ai écouté et j'ai appris, j'ai mieux compris ce qui volait à leurs yeux, quels étaient leurs critères.

Mais j'avais déjà décroché.

C'est dans le rapport au doute que je me suis sentie le plus loin d'eux. J'ai toujours eu des convictions profondes, tout en n'étant jamais sûre de rien. Pour eux, en revanche, la vérité ne faisait pas débat : il s'agissait juste de la mettre en œuvre. Une démonstration de force et de volonté, voilà ce que devait être une réforme à leurs yeux.

— On va buter les régimes spéciaux, disait David.

Je lui faisais remarquer que d'autres s'y étaient essayés avant lui. Qu'importe, ils auraient le courage politique qui avait manqué à des générations de responsables.

Concerter, pour eux, revenait à « faire de la pédagogie », à « rendre acceptable » la décision déjà prise. Concerter, selon moi, consistait à ouvrir le débat, à confronter différents points de vue, parce que les solutions ne sont jamais univoques, et que la complexité d'une situation échappe à celui qui la regarde depuis le sommet de l'État. Du reste, EM ne répétait-il pas à longueur de meeting qu'il allait « rendre le pouvoir à ceux qui font » et « donner des marges de manœuvre sur le terrain » ?

Je compris assez vite la division des tâches sous-entendue par ces affirmations. À l'État reviendrait la définition exclusive de l'intérêt général ; aux acteurs, on accorderait une plus grande liberté « de gestion », une autonomie « fonctionnelle » pour mettre en œuvre ces belles idées. C'est à ce rôle que notre candidat assignait les syndicats.

J'avais beaucoup de mal à exprimer et à défendre mon point de vue face à mes collègues. Leur intelligence, la limpidité de leurs propos, m'impressionnaient. Si elles ne suffisaient pas à me convaincre, elles achevaient de me complexer, et je préférais souvent garder le silence, ou ruminer dans mon coin.

Je crois Quentin quand il dit m'avoir recrutée parce que j'étais différente. Je pense qu'ils espéraient sincèrement que je parviendrais à les bousculer, à proposer des idées différentes. Mais pour être entendu, mon message, différent sur le fond, devait être identique au leur sur la forme. Or je ne maîtrisais pas leurs codes, je manquais d'assurance et elle ne cessa de se dissoudre, jour après jour. Je n'ai pas eu le sens de l'adversité. En vérité, j'ai renoncé très vite. En deux jours, je m'étais déjà refermée comme une huître.

En tout cas, je n'ai jamais autant entendu parler des classes moyennes que par ces gens qui venaient tous des plus riches arrondissements de Paris.

J'exagère.

J'aurai l'occasion, au fil de ces pages, de dire à quel point ils étaient courageux. Et investis dans leur travail.

Bien sûr qu'ils avaient des doutes, naturellement, ils voulaient faire au mieux. Mais ils savaient ce que je n'avais pas compris : les états d'âme n'avaient pas leur place dans cette campagne. Il fallait aller de l'avant, et ils allaient de l'avant.

Parmi tous ces hommes et ces femmes de talent qui s'activaient jour et nuit pour la victoire, il y avait un guerrier. Il s'appelait Ismaël.

Au fil des semaines, j'ai vu ses joues se creuser, ses yeux se cerner de noir. Il devenait chaque jour un peu plus un moine soldat.

Il jaillissait de son bureau comme une balle à bout portant, il y entrait en fermant toujours la porte derrière lui. Je crois bien qu'il ne déjeunait jamais. Un écouteur toujours logé dans l'oreille, un œil toujours rivé sur l'écran, Isma était organiquement relié à son smartphone. Il ne dormait plus que trois heures par nuit.

S'il donnait l'impression d'être devenu la lame terminant la lance, ou la flèche tendue au bout d'un arc, c'est qu'une bonne partie de la campagne reposait sur ses épaules.

« Merci de bien vouloir faire relire par Ismaël, qui coordonne la parole du candidat », m'avait écrit Jean-Marie, notre directeur de campagne, lorsque, peu de temps après mon arrivée, j'avais envoyé mon discours Algérie au secrétariat particulier, après la seule relecture de Quentin. Sans notion précise des filtres et des boucles de validation à ce stade, j'avais oublié Ismaël. Ce fut la dernière fois.

Éléments de langage, stratégie politique, veille, décryptage des sondages, équilibre du programme, supervision de l'intégralité des contenus de communication, depuis la page d'accueil du site Internet jusqu'à la profession de foi du candidat, Isma passait ses journées et ses nuits à réfléchir, à produire et à valider.

Ses validations étaient laconiques. « Oui », « non », « go », « feu », disait-il à ses équipes de graphistes et de community managers qui lui soumettaient, via la boucle Telegram appropriée, des projets de tweets ou de tracts. « Merci bcp, qqs modifs en pj » répondait-il, dans des mails écrits entre 2 et 3 heures du matin, aux discours que je lui envoyais. De fait, il avait remodelé mes phrases, ciselé des formules : il savait améliorer en quelques coupes et ajouts fulgurants le texte que j'avais mis des heures à écrire. Ses productions étaient tranchantes, articulées. Isma était vraiment un bon communicant.

Dans les moments de tourmente, quand je ne savais plus trop à quoi me raccrocher, je refusais d'éteindre mon ordinateur avant d'avoir reçu le SIGNALÉ : MESSAGE qu'il envoyait chaque nuit à toute l'équipe.

Ce mail nocturne s'articulait en trois axes :

*Dans la presse demain.* Il déclinait chaque une de chaque quotidien, énumérait les titres et parfois commentait en quelques phrases le contenu des principaux articles.

*Dans l'actualité demain.* Il présentait l'agenda des trois autres principaux candidats (MLP au salon du handicap, BH en meeting à Metz, FF dans *L'Émission politique*, etc.).

*Nos messages.* Avec son sens de la formule et son raisonnement parfaitement structuré, Ismaël déroulait en 1/ et en 2/ les éléments de langage que nos porte-parole répéteraient en *in* sur les plateaux télé et en *off* à l'oreille des journalistes politiques.

En les lisant chaque nuit, ou à mon réveil le lendemain, j'essayais d'entrer dans sa pensée.

La porte du bureau d'Ismaël étant fermée la plupart du temps, je n'avais pas le loisir de le regarder travailler. Mais c'est arrivé une fois. C'était la nuit qui précéda la présentation du programme, une nuit où je ne dormis que deux heures, et où les autres ne dormirent pas du tout.

La conscience des enjeux et le stress paroxysmique poussaient chacun à donner le meilleur de lui-même. Le 99 rue de l'abbé Groult était, plus encore qu'à l'accoutumée, une grosse ruche bourdonnante. À chaque étage, helpers, salariés, experts et conseillers s'affairaient, fiévreux, efficaces, concentrés, afin que la conférence de presse du lendemain soit un succès. Car c'est elle qui allait mettre un terme à l'accusation récurrente : *EM n'a pas de programme.*

Des mois d'intenses travaux seraient dévoilés ce matin-là. Tout ce qui avait été fabriqué, éprouvé, tranché dans mon bureau, la fièvre de mes collègues, leurs nuits sans sommeil, y trouverait un aboutissement. Les contours de l'identité politique du candidat se découperaient plus nettement (affirmait-on). Nous aborderions une nouvelle étape de la campagne.

Ce stress intense, je l'avais absorbé, ainsi qu'une grande quantité de nourriture, ce qui m'avait laissée une fois de plus hébétée et impuissante. Je regardais mes collègues en souhaitant ardemment leur venir en aide, en souhaitant être à leurs côtés ; incapable pourtant d'être autrement que perdue ni autre part que très loin.

Malgré tout, ils m'avaient embarquée avec eux dans la salle de réunion au bout du couloir, vers 2 heures du matin, pour l'ultime relecture des trente fiches thématiques du programme qui devaient être mises en ligne dans la nuit.

La fatigue et l'excitation étaient palpables. Tout le monde parlait fort autour de la table. Les fiches passaient de mains en mains ; double relecture valait validation définitive et inscription dans le marbre du programme présidentiel. La pertinence d'une taxe sur le trafic maritime était interrogée une dernière fois. Une mesure hasardeuse était biffée d'un trait de plume. Il s'agissait aussi de reformuler en des termes accessibles les expressions ultratechniques proposées par les experts des groupes de travail.

Yann, qui réalisait un documentaire sur la campagne, nous filmait. Nous étions une vingtaine, avec nos stylos et nos liasses de fiches, assemblant les briques d'un projet pour la France pour les cinq prochaines années. Je ne sais comment, mais j'en étais.

Ismaël ne s'occupait pas de la relecture, car il devait finaliser les éléments de langage pour la séance de questions/réponses de la conférence de presse (j'avais pour ma part écrit le discours de présentation, selon ses indications, qu'il avait trouvé « très bien », mais dont le candidat se servit à peine le lendemain). Il avait mis ses écouteurs. Je percevais les grésillements de la musique qu'il écoutait. Assis parmi nous, il était dans sa bulle.

Pendant la demi-heure que dura son travail, je l'observai. L'ordinateur sur les genoux, il ne cessa d'écrire. Il y avait de la fermeté dans son expression, dans sa mâchoire prononcée, crispée, dans ses yeux noirs enfoncés dans leurs orbites derrière ses lunettes de myope. Il hochait la tête au rythme de la musique. Les doigts en suspens l'espace d'un instant, le temps que son regard soupèse un paragraphe, et il reprenait sa frappe sur le clavier.

Tandis que la nuit avançait un peu plus vers le matin, et que nous mangions du fromage et de la baguette en traquant les dernières coquilles sur les fiches, alors que tous les quotidiens de France sortaient des rotatives en titrant sur le dévoilement de notre programme, Isma ne se laissait distraire par rien.

« *Done* », déclara-t-il finalement en posant son ordinateur sur la table. Il ôta ses écouteurs et prit le relais sur la relecture.

Quatre heures plus tard, dans la prestigieuse salle du pavillon Gabriel qui accueillait la conférence de presse, il était là. Noueux, creusé par l'absence totale de sommeil, mais présent et affûté.

J'étais là aussi. Épuisée et lourde, complètement désorientée, honteuse de mon inutilité, j'avais décidé de prêter main-forte aux helpers en distribuant les badges aux journalistes et aux invités. Cela ne manqua pas de m'attirer les remarques de mes collègues (« Mais qu'est-ce que tu fous avec les helpers ? »). Ceux du sixième étage n'avaient rien à faire avec les bénévoles. Mais je n'avais rien à faire au sixième étage, et je voulais aider.

Situé à quelques mètres de l'Élysée, le pavillon Gabriel offrait un cadre élégant à notre conférence de presse, avec ses colonnes sculptées et ses immenses baies vitrées. Avec Pauline du service de presse, nous bûmes un café sous le dôme en verre qui déversait sur nos têtes la lumière froide du matin. Pauline était crevée, mais parfaitement engagée dans la réussite de l'événement. J'étais tellement mal ce matin-là. J'essayais malgré tout de profiter de ce moment exceptionnel, dont j'avais assisté à la préparation minutieuse en coulisses.

Discret comme à son habitude, Ismaël se tint à quelques mètres du candidat qui discourait au pupitre, pendant tout le temps que dura la conférence de presse. Je l'observais. Campé sur ses jambes arquées tel un cow-boy, son profil d'aigle se découpant sur le fond bleu où s'affichaient les lettres EM !, il n'avait jamais autant ressemblé à un guerrier.

Ismaël avait une obsession : le concret.

« Tu dois parler directement à l'électeur moyen, utiliser des mots très simples. »

« Chaque idée que tu développes, je veux que tu l'illustres par un exemple, et que tu la résumes en une formule. »

« Il ne doit pas y avoir de gras. Chaque mot que tu écris doit être un mot indispensable. »

« Pour chaque discours, tu dois t'assurer de deux choses : qu'aucun autre candidat n'ait pu le prononcer – nous devons imprimer *sa* marque. Que ce discours n'ait pas pu être prononcé ailleurs : tu dois ajouter plein d'anecdotes et d'exemples locaux, des chiffres, des noms de lieux, etc. »

« Une grande partie de ton travail doit consister en cela : appeler nos contacts sur place, et les presser comme des citrons pour qu'ils te donnent toutes les anecdotes qui viendront enrichir ton discours. Tu y vas, tu n'hésites pas : tu les presses comme des citrons. »

J'écoutais avec beaucoup d'attention ses instructions, et me promettais de faire exactement ainsi.

C'est avec cette farouche obsession du « concret » qu'Ismaël veillait à l'équilibre du programme. Car celui-ci devait incarner les promesses du candidat : renouvellement, optimisme, modernité…

À l'image du candidat, donc, le programme afficha quelques produits d'appel raisonnablement disruptifs. Pour le reste, il se présenta comme une suite de mesures préconisées dans les rapports d'inspection des vingt dernières années, le prolongement légèrement appuyé des actions mises en œuvre par le précédent gouvernement – nos experts étaient les leurs –, augmenté par des mesures simples, voire prosaïques, qui devaient faire écho aux préoccupations « des gens ».

Ce dernier apport, on le devait à Ismaël.

L'été passé, il avait coordonné une grande enquête auprès de 100 000 Français. Un « état des lieux de la France » qui avait révélé l'exaspération de nos concitoyens face à mille petits blocages – très souvent administratifs –, mille absurdités du quotidien. À ces préoccupations, Ismaël voulait apporter des réponses sur-mesure. Des réponses consensuelles, surtout.

Ou comment accélérer la dépolitisation du débat public. Il ne s'agissait plus d'effacer les questions sociales au profit de questions sociétales, car ces dernières sont encore trop clivantes. Non, il fallait mettre en avant des mesures de bon sens, menus déverrouillages techniques qui feraient bon droit à l'agacement des Français : « C'est absurde que les choses fonctionnent ainsi » ; « Ce serait plus simple si les choses se passaient comme ça. »

Ainsi, le candidat instaurerait un droit à l'erreur, pour que l'administré qui s'est trompé de bonne foi ne soit pas sanctionné. Il interdirait le portable à l'école. Il bannirait les perturbateurs endocriniens des emballages alimentaires.

Ni de droite ni de gauche, notre programme serait avant tout pragmatique. Comme aimait à le répéter Ismaël, il suivrait une seule ligne de conduite : « partir du réel » et « viser l'efficacité ».

Ce raisonnement, qui irriguait toute la stratégie de campagne, me heurtait.

Je viens de la gauche. L'efficacité y trace une frontière entre ceux qui jugent qu'obtenir des résultats est primordial et ceux qui pensent que ce n'est pas le but premier de la politique. J'appartiens à la première catégorie. Parce que l'inverse nous condamnerait à l'impuissance, j'ai toujours milité pour que la gauche prenne en main le réel, qu'elle concilie ses idéaux de justice sociale avec le pragmatisme et l'efficacité. Mais ce raisonnement ne vaut que parce que l'on défend des idéaux, justement. Une action ne peut être jugée efficace qu'au regard des objectifs qu'elle poursuit.

Je persiste à penser que la droite et la gauche portent des projets différents. La société de droite sera plutôt celle de l'ordre, de l'héritage, de la hiérarchie. La société de gauche défendra l'action collective, la justice et l'émancipation.

En d'autres termes, une politique efficace de gauche ne produira pas les mêmes effets qu'une politique efficace de droite. Le pragmatisme est une condition de réenchantement de la démocratie, mais il n'écarte pas le besoin de préciser une orientation politique, au contraire.

Mais En Marche ne précisait rien. Rassembler tous les Français de « bonne volonté », tel était l'objectif d'EM.

Était-ce du cynisme ? Était-ce la conviction d'Ismaël ? Nous entretenions la confusion, entre les clivages politiques et les postures dogmatiques. Et pourtant, si les secondes empêchent de voir le monde tel qu'il est, les premiers sont féconds : ils permettent de choisir le monde vers lequel on veut aller.

J'en étais convaincue avant de rejoindre En Marche, et cette conviction n'a cessé de s'affermir ensuite : pas de démocratie sans choix, et pas de choix sans clivage. L'opposition entre la droite et la gauche ne me semble pas pouvoir sans risque être dépassée. Parce qu'il ne s'agit pas d'un antagonisme de raison, qui départagerait la vérité de l'erreur ou du mensonge. Pas plus que d'un clivage ethnique ou religieux ; ni d'une division entre le bien et le mal. Non, la droite et la gauche reflètent des différences de valeurs et appellent à faire des choix : un clivage politique, réellement.

En voulant instaurer une nouvelle ligne de partage, entre progressistes et conservateurs, EM est resté au milieu du gué. Jamais je ne l'ai entendu proposer une seule définition du progrès. Avancer vers quoi ? Se mettre en marche pour aller où ?

Sans contenu politique précis, l'opposition entre les progressistes et les conservateurs pourrait bien se lester d'une lecture élitiste, et accentuer la fracture entre les « agiles », qui n'ont pas peur de se projeter dans l'avenir, et les « fragiles », qui craignent le changement parce qu'ils en sont toujours les premiers perdants.

Cela me mettait en colère, mais face à ces esprits brillants, nourris d'histoire et de littérature autant que de science économique, et qui malgré cela ne voyaient pas où était le problème, j'avais du mal à exprimer ma pensée.

Un week-end, nous déjeunions avec Quentin et David dans un restaurant à proximité du QG. J'étais contente, comme à chaque fois que je me trouvais seule avec eux deux, et j'avais fini par leur dire :

— En fait, ce qui me chiffonne, c'est que j'ai l'impression qu'on ne fait pas de la politique, on fait du marketing.

Quentin avait reposé sa fourchette dans son assiette, mit une main sur son cœur et dit, mi-sérieux mi-moqueur, comme souvent quand il s'adressait à moi :

— Touchés.

Je pense qu'Ismaël était responsable de cette orientation. J'aurais aimé en discuter avec lui, pour savoir si elle relevait d'un choix stratégique ou d'une réelle conviction. Évidemment, cela n'arriva pas.

Ce grief mis à part, j'ai été irradiée par la personnalité d'Ismaël, par sa concentration de chaque instant, par son courage et sa sobriété, par ses fulgurances.

Avant de le rencontrer, je connaissais déjà sa place stratégique dans le mouvement, son histoire politique hors du commun démarrée dix ans plus tôt ; j'avais lu les portraits dans la presse.

Fin novembre, il m'avait reçu pour la première fois dans son bureau, après quarante-cinq minutes de retard, et des rendez-vous mainte fois reportés. (« Désolé, mon agenda évolue parfois indépendamment de ma volonté. »)

Son sérieux m'avait frappée. Pas d'esbroufe chez ce type, pas d'ego envahissant. Sa détermination totale était perceptible, ainsi que la justesse avec laquelle il vivait cette aventure : dans la discipline, dans le respect des autres, sans y mettre d'affect.

Ce jour-là, nous avions parlé du monopole syndical, que j'avais naturellement défendu avec ferveur. Il m'avait dit que le choix du candidat n'était pas encore arrêté sur ce point, mais que de façon générale, je devrais m'attendre à ne pas être en accord avec toutes les mesures qui seraient retenues. J'avais répondu que j'y étais préparée.

Il m'avait dit que deux choses étaient indispensables pour intégrer l'équipe : la confidentialité, et le savoir-être. En Marche grossissait chaque semaine, mais souhaitait conserver la bienveillance et la solidarité des débuts. J'avais répondu que sur ces deux points, j'étais en béton armé.

Il m'avait ensuite parlé de la difficulté immense du poste, de l'exigence folle du candidat et de ses réactions qui me sembleraient souvent injustes, de l'amplitude horaire démente, du stress.

— Ça te va ? m'avait-il demandé au moment de conclure l'entretien.

— Oui, mais… Je ne suis pas sûre d'y arriver. Je n'étais pas programmée pour ça.

— Personne n'est programmé pour ça. J'ai lu tes essais, c'était très bien. Tu apprendras, tu progresseras et tu y arriveras.

Ces mots, parmi d'autres, n'en finissent plus de me hanter.

Par la suite, il a rarement pris le temps de me briefer en amont de l'écriture des discours, se contentant de reprendre ma première version. Mais un jour, il me dit :

— Viens, il faut que je te parle du discours Medef.

J'entrai dans son bureau, il referma la porte sur nous.

— Ce discours, il va durer cinq minutes, mais il est capital. Donc il faut qu'il soit tendu comme un arc et poli comme un galet.

Je frémis. Assis devant moi, miraculeusement dégrafé de son téléphone, Ismaël commença à élaborer. Comment chemine une fulgurance ? Tout en prenant des notes sur mon carnet, j'observais avec attention la façon dont sa pensée se déployait. Ses silences entre deux phrases, les yeux plissés ; le jaillissement d'une idée nouvelle, parfaitement exprimée. Son raisonnement au sécateur.

— Ça te va ? me demanda-t-il quand il eut terminé.

Ça m'allait forcément. Si le candidat suivait l'inspiration d'Ismaël - ce qu'il ne fit pas -, nous allions loger une balle dans la tête du syndicat des patrons.

— Ça me va. Sauf que ça va faire dix-sept minutes, et pas cinq.

Il me répondit avec le plus grand sérieux :

— Donc il ne faut pas de gras. Que des mots indispensables.

Je crois que j'ai toujours connu Ismaël sérieux et concentré, je ne l'ai presque jamais vu sourire.

« Il a changé », me dit Quentin un jour, sans plus développer.

Je l'ai peut-être déjà vu sourire.

C'était le dimanche suivant mon arrivée, ou celui d'après, nous étions quelques-uns au QG : Jean, Quentin, David, Isma et moi. L'ambiance était douce. Le sixième étage était apaisé, épargné pour un jour des conversations tous azimuts, des passages incessants et des portes qui claquent.

Terriblement complexée déjà, je profitais malgré tout de ce calme et du temps passé avec eux. Dans le bureau de Richard qui sentait le cigare froid, nous avions mangé des barquettes de poulet tandoori, en prenant garde à ne pas faire de taches de sauce sur la moquette. Nous avions bu du lassi à la mangue.

Ismaël avait encore des joues en ce début du mois de février, ses yeux ne ressemblaient pas à deux cavernes profondes. Au fil de la conversation, qui portait sur les vacances je crois, il déclara qu'il aimait l'Afrique et qu'il « se sentait africain ». Cette remarque déclencha les rires ironiques de Quentin et David, qui ne cessèrent plus de le chambrer.

— Ah bah voilà, ça m'apprendra à me confier à vous. Même Marie, elle se fout de moi.

Morte de rire, je confirmai.

Plus tard dans l'après-midi, il mit de la musique africaine à plein volume dans son bureau. Nous eûmes même droit à une danse.

— Mais t'es au bureau tous les week-ends, Isma ? lui demanda Quentin ce jour-là, avec incrédulité.

— Oui. Mais je n'ai pas l'impression de travailler, en fait. J'ai l'impression qu'on change le monde.

Il a disparu trois jours, à la mi-mars, pour des raisons « personnelles » dont très peu eurent connaissance. Pendant trois jours, le SIGNALÉ : MESSAGE fut envoyé alternativement par Sylvain et par Benjamin.

Quand je revins au bureau après mon premier décrochage, Ismaël n'était donc pas là. Cette absence m'interrogea beaucoup. Peut-être que les guerriers sont des êtres humains, après tout.

Isma reste pour moi un grand mystère.

Je crois que toute sa personne était concentrée sur son objectif, et qu'il avait fini par *être* la campagne, littéralement. Il avait fini par ôter tout le reste, tout ce qui chez lui n'en relevait pas, tout ce qui aurait pu le ralentir, le distraire, le faire flancher.

*Pas de gras. Rien que l'indispensable.*

Dans ce bureau, je perdis rapidement la notion du temps.

Par moments, je levais la tête et il était déjà 19 h 30, quand j'aurais juré qu'il était quatre heures de moins. L'heure n'avait de toute façon plus d'importance : elle ne signifiait rien. Les soirées n'existaient pas, elles n'étaient que l'étirement des journées.

Je n'avais plus de repères. Le déjeuner pouvait être avalé à 15 heures, au-dessus du clavier de mon ordinateur. Je faisais rarement de vraies pauses, sauf parfois en fin de journée. Je passais alors faire un brin de causette à Valérie, la secrétaire particulière, dans son bureau. Ou bien, affalée dans le canapé de l'espace commun, je mangeais mon chirashi en regardant mes collègues sur BFM TV.

Une fois, vers 23 h 30, comme nous étions quelques-uns à attendre l'ascenseur, Sibeth nous avait chambrés : « Alors, les Idées, on part déjà ? On a posé son après-midi ? »

Les premiers jours, je me rappelle avoir ressenti un épuisement intense, comparable à celui que j'avais éprouvé lorsque, petite fille, j'avais passé ma toute première journée dans Paris.

Les horaires me désorientaient, le bruit également.

À la CFDT, j'avais mon propre bureau, dont je fermais la porte quand je voulais être tranquille. Ici, quatre conservations pouvaient être menées simultanément autour de moi. Denis recevait les briefs de Paul-Armand, le jeune statisticien de l'INSEE. Ensemble, ils déroulaient leur poésie sondagière – quotas croisés, redressement et groupe quali. Didier avait toujours une urgence à traiter au téléphone. Si Quentin sortait pour passer ses appels, il arrivait souvent que David fasse les cent pas dans le bureau en discourant sur la CSG ou le prélèvement forfaitaire unique. Sans compter les nombreuses personnes qui passaient voir mes collègues, restaient un moment à discuter, et repartaient avec une clémentine.

Notre bureau était situé à proximité de la porte d'entrée ; les passages étaient incessants. J'ai vu des journalistes, des parlementaires, des anciens ministres, le maire de Londres et l'ancien maire de New York, et même une dizaine de représentants de la communauté chinoise défiler dans le couloir qui menait au bureau du chef.

— Énorme ! Y a Robert Hue à la machine à café !

À tour de rôle, nous étions allés nous préparer un expresso.

En fin de journée, un garde du corps ouvrait la porte et laissait place à Brigitte, curieuse créature enveloppée dans du cuir et de la soie, perchée sur des talons très fins. « Bonjour, bonjour ! » Elle faisait une bise à chacun, s'inquiétait de savoir si nous allions bien. Sa blondeur, son visage cuivré, la richesse évidente qui émanait de sa personne, n'étaient rien à côté de la gentillesse et de l'incroyable énergie qu'elle dégageait. En Brigitte, je devinais une femme heureuse de vivre, battante, spontanée, qui devait consacrer beaucoup d'énergie à encourager les autres et à les pousser à se dépasser.

Un soir, les pieds sur le bureau, je discutais avec une collègue quand je la vis apparaître dans l'encadrement de la porte. Dans un élan maladroit, je délogeais immédiatement mes jambes. « Non, non, Marie, je vous en prie ! Il n'y a aucun mal ! » Elle resta un moment à discuter avec nous. Elle venait de rencontrer une association de parents d'enfants handicapés et elle en était bouleversée. Il fallait aider ces personnes, contraintes d'aller faire soigner leurs enfants en Belgique à cause du manque d'établissements spécialisés en France. Dieu merci, elle ne nous parla pas de crédit d'impôt.

J'avais du mal à me protéger de ces mille sollicitations visuelles et sonores, car en vérité, elles étaient passionnantes.

Ainsi, en écoutant les off que Sylvain et Benjamin dispensaient quotidiennement au téléphone, je me rappelais que j'étais au cœur d'une aventure extraordinaire.

Respectivement directeur de la communication et principal porte-parole du mouvement, ces deux-là passaient leur journée à livrer aux journalistes *notre* récit de la campagne. Ils le faisaient avec un aplomb incroyable.

Régulièrement, je voyais Benjamin arpenter le couloir à ma gauche, puis apparaître sur le balcon à ma droite, sans cesser de distiller dans son portable les arguments et les formules que je lirais mot pour mot dans les journaux du lendemain.

Benjamin trouvait toujours le bon angle pour relativiser un trou d'air, le bon mot pour attaquer un adversaire. Cela, il le faisait avec gourmandise. « Fillon parle d'Emmanuel Hollande ? Je n'ai rien à répondre à François Balkany. » « Emmanuel est dans la bienveillance, mais nous, nous n'avons pas besoin de l'être », disait-il. Benjamin m'a toujours semblé être celui qui de nous tous prenait le plus son pied dans cette campagne.

Mais la grande leçon, le vrai spectacle, était encore d'écouter Sylvain rudoyer les journalistes.

La mission principale de Sylvain consistait à éviter que les articles écrits sur nous « ne partent pas droit ». Aussi, je l'ai entendu pratiquement chaque jour, pendant ces deux mois, traiter du patrimoine du candidat : d'abord avec patience, ensuite en s'énervant, souvent en menaçant.

Une bataille homérique l'opposa à un journaliste qui avait signé un papier contenant des informations que l'équipe jugeait erronées. « Vous mentez, Adrien ! Vous mentez et vous en avez parfaitement conscience ! » hurlait Sylvain dans son téléphone. « Retirez ce torchon ! J'exige un droit de réponse ! C'est inadmissible ! Vous faites le jeu du Front national ! »

L'échange avait duré plus d'une demi-heure et à aucun moment Sylvain n'avait jugé que la bataille était perdue. Ce normalien, amoureux d'opéra, faisait preuve d'un entêtement incroyable. Avec férocité, il protégeait son candidat.

Il serait difficile de faire la liste de toutes les choses qui m'ont désorientée dans cette aventure. Les premiers jours ont été un choc. Rien ne ressemblait à ce que j'avais connu jusqu'alors, tout était épuisant, fascinant, littéralement incroyable.

Cette violence, j'aurais dû m'y attendre, la relativiser, l'apprivoiser doucement. Au lieu de ça, j'ai été dévorée par la panique, et par la culpabilité de ne pas bien faire mon travail.

D'autres auraient abordé cette aventure avec appétit, avec *esprit de conquête*. Mais je ne croyais pas suffisamment en moi. D'une part, mon état de confusion grandissait de jour en jour, parce que j'étais fatiguée, que je ne faisais plus de sport, que ma façon de m'alimenter devenait de plus en plus anarchique. D'autre part, tant d'intelligence et de combativité autour de moi me rappelaient chaque jour que je n'y avais pas ma place. Je n'étais pas taillée dans ce bois-là.

Ce qui m'a consumée est aussi ce qui m'a passionnée. J'ai éprouvé un attachement très grand pour tous ces gens. En même temps que j'aimais leur compagnie, j'aurais souhaité qu'ils ne me voient pas.

Le jour de mon arrivée, on me mit un Mac entre les mains. Première confusion.

L'ordinateur est le fidèle instrument de celui qui écrit. Celui qu'on m'attribua résistait à ma volonté, allait à l'encontre de tous mes réflexes. Je cherchais les signes sur le clavier, ne savais pas comment ouvrir un document Word. Ces icônes inconnues sur mon écran me confirmaient que j'étais loin de chez moi.

— Tu verras, dans une semaine tu ne regretteras plus ton PC, me promit Quentin.

Me familiariser avec Apple ne fut pas l'unique difficulté. Il me fallut aussi pénétrer l'étrange réseau qui reliait les âmes du QG, par-delà les étages et les pôles.

— Il faut que tu télécharges Telegram, c'est comme ça qu'on communique entre nous.

Cette application de messagerie sécurisée, également prisée des propagandistes de l'État islamique, permettait d'établir des conversations entre personnes d'un même groupe. À En Marche, il y avait une boucle de conversation pour chaque service et pour chaque projet.

Je n'étais pas dans les boucles stratégiques, celles où l'on conversait directement avec le chef, et où les informations confidentielles étaient échangées. Néanmoins, Quentin m'intégra à des groupes auxquels je ne participais pas activement, mais qui me permirent de suivre l'intense activité des autres pôles.

J'étais fascinée par la boucle « Voice2 », à travers laquelle l'équipe web proposait continuellement des tweets, des retweets et des posts. La stratégie numérique de la campagne se déroulait ainsi sous mes yeux, dans des bulles qui apparaissaient brièvement dans l'angle droit de mon écran :

Juliette : « Tweet EM : Mes pensées vont aux familles des victimes de l'attentat de Suède. »

Missak : « SIGNALÉ #MacronCaen OK pour vous ? »

Juliette : « RELANCE Tweet EM : Mes pensées vont aux familles des victimes de l'attentat de Suède. »

Mounir : « @Juliette : go. »

Isma : « @Missak : oui. »

Juliette, Missak, Thibaut, Olive : pour la plupart, je serais incapable de reconnaître leur visage, parce qu'ils officiaient dans les étages inférieurs, le quatrième et le cinquième. Ils restent des pastilles colorées sur mon écran, de petites abeilles alertes dans mon esprit. Ils ne dormaient jamais, veillaient sur l'image du candidat à travers tous les réseaux, et trouvaient encore l'énergie de prendre des initiatives. J'aurais adoré être l'un d'eux dans cette campagne.

Les premiers jours, j'ignorais ces messages étranges, ne comprenant pas d'où ils venaient ni ce qu'ils signifiaient. Mais par la suite, je devins accro à Telegram. Dans les moments de confusion, quand le rythme me débordait complètement, je m'accrochais à ces boucles comme à un fil qui m'aurait reliée à eux tous.

Communiquer, c'était encore adopter le vocabulaire qui seyait aux mails dans ce monde-là ; soigner la composition de sa liste de destinataires, afin de n'oublier personne mais de ne pas déranger la terre entière non plus ; ajouter SIGNALÉ dans l'objet quand la validation devenait urgente ; terminer son message par « Grand merci ».

Il fallait tout apprendre, car tout était différent.

En même temps qu'il fallait se familiariser avec de nouveaux codes, il fallait aussi produire, dans des délais brefs, un travail de qualité pour un chef très exigeant.

À la CFDT, j'écrivais avec sincérité, des mots qui me semblaient justes. La structure de mes discours, leur rythme et même la difficulté qu'aurait mon patron à les prononcer n'étaient pas vraiment des préoccupations pour moi. Laurent souvent butait sur mes mots. Mais mon travail donnait satisfaction ; jamais je n'ai eu l'impression que ce que j'étais n'était pas suffisant. Pour autant, je regrettais cette absence d'exigence, qui me faisait craindre de ne jamais progresser. C'est aussi ça que j'étais venue chercher à En Marche.

Je n'ai jamais appris à écrire un discours. Je ne suis pas normalienne, je n'ai ni technique ni don particulier. Il est proprement incroyable que j'en sois arrivée là. Et de fait, pendant la campagne, je vécus de longues heures de paralysie, d'écran blanc où clignotait sans fin le curseur de ma souris. L'écriture ne venait pas, elle venait douloureusement. Chaque mot hésitait, vacillait, aurait voulu être un murmure, quand on attend d'un discours qu'il se déclame avec fierté.

Mettre des mots vibrants dans la bouche d'un homme, cela demande de l'audace. Une vraie plume est nécessairement directive. C'est elle qui énonce les premières notes, elle qui installe la tonalité de la petite musique qu'interprétera l'orateur.

Une vraie plume guide son grand homme avec fermeté, à travers les références historiques, les citations et même quelques mots dans la langue locale. Elle ose lui proposer des blagues, lui intime des silences, de l'émotion, des éclats. Une vraie plume tisse un raisonnement nerveux mais sait aussi par endroits en relâcher les mailles, pour permettre quelques notes d'improvisation.

Il y a des discours qui ressemblent à des circulaires ministérielles. Ils sont écrits dans une langue sèche pour être prononcés derrière un pupitre floqué aux insignes de la République. Ce type de discours n'existe pas pendant une campagne présidentielle. En meeting, chaque discours est une harangue. La fonction informative est secondaire : ce qui compte, c'est la mobilisation, l'envoûtement. Quand le candidat parle, il doit susciter la foi. Et même quand il prononce une allocution devant une assemblée d'élus, de syndicalistes, de patrons : il doit expliquer ce qu'il va faire, mais surtout, il doit séduire.

Comme le répétait Isma, « Ce que dit le candidat, personne d'autre ne doit pouvoir le dire. Et ce qu'il dit ici, il ne doit pas pouvoir le dire ailleurs. »

Pour écrire les premières phrases d'un discours, il faut donc prendre son élan et se faire confiance. À la CFDT, je trouvais ma note, j'imaginais qu'elle était juste, et je la suivais sans penser à rien d'autre. Quand j'écrivais pour EM, j'essayais de me mettre dans la peau d'Isma ou de Quentin. Exercice compliqué, car je pense qu'il n'y a pas au monde une personne plus différente d'eux que moi.

Chaque introduction de chaque discours m'a tordu le ventre.

Heureusement, je savais qu'EM improvisait largement et qu'il ne prononcerait pas mot pour mot ce que j'avais écrit. Mon texte serait relu dans la voiture, dans le train, dans l'avion qui le conduisait à l'événement. Il n'avait d'autre vocation que de fixer dans le cerveau de cet homme brillant un raisonnement, quelques chiffres, éventuellement des formules si elles lui plaisaient. Ensuite, il remobiliserait tout cela de façon bien plus habile.

Un jour pourtant, et un jour seulement, il prononça presque exactement l'un de mes discours. C'était en Corse, le dernier discours que j'aie écrit pour lui. Stupeur de découvrir, dans les dépêches de l'AFP, des mots qui étaient les miens, que j'avais écrits dans mon lit, l'ordinateur sur le ventre, sans savoir s'ils étaient pertinents. La note que j'avais trouvée ce soir-là avait dû sonner juste à l'oreille d'Isma, qui n'avait rien biffé de mon discours ; à Quentin qui m'avait envoyé un message sur Telegram pour me dire que c'était « très très bien » ; au candidat, enfin, qui l'avait mise dans sa bouche.

En dehors de cet épisode, rien de ce que j'ai pu écrire pendant ces deux mois ne m'a rendue fière. Jamais je n'ai eu le sentiment d'avoir produit un bon discours.

Jamais, sauf peut-être une fois.

Avant de m'embaucher, Quentin et Ismaël m'avaient demandé d'écrire deux discours pour évaluer mes capacités de rédaction.

Le premier était celui d'un meeting imaginaire dont je pouvais choisir le lieu et le thème. Je décidai de le situer à Cahors, ma ville d'enfance, et d'y parler de refondation du modèle social, thème que je connaissais par cœur. J'en profitai ainsi pour développer quelques-unes de mes marottes – j'ignorais alors que le candidat ne voulait pas entendre parler du CPA. J'y passai énormément de temps. En fin de compte, il était correct.

Le deuxième, en revanche, j'en fus vraiment satisfaite.

EM devait remettre la Légion d'honneur à un personnage truculent de sa Picardie natale : Jacky Lebrun. Ce petit boucher du plateau de Creil avait gravi tous les échelons de sa corporation pour parvenir à se hisser à la tête de la chambre de commerce et d'industrie. Pour cela, et pour des amitiés qu'ils avaient en commun, il allait être décoré par le candidat.

Quentin et Isma me demandaient d'écrire le discours de cérémonie.

Il me fallait d'abord en apprendre plus sur Jacky. Mais Quentin tardait à me donner la liste de ses proches à contacter. Sur Internet, il y avait seulement quelques articles dans *Oise Matin*. L'un d'eux mentionnait l'existence d'une autobiographie, subtilement intitulée : *Je vais vous en boucher un coin*.

Je devais absolument me procurer cet ouvrage. Mais il n'était pas disponible à la Fnac ni sur Amazon. Je parvins finalement à en localiser quelques exemplaires à la Société d'Éditions et de Publications Économiques et Techniques de l'Alimentation. Un jour en semaine, pendant ma pause déjeuner, je me rendis donc au siège de ladite SEPETA, auquel on accédait par un porche orné de l'inscription Confrérie des Bouchers en lettres dorées. Je fis l'acquisition de l'autobiographie de Jacky.

C'était une pépite. Mille anecdotes retraçant son enfance, ses aventures professionnelles et syndicales, ses grandes œuvres, donnaient une image assez fidèle du personnage, et surtout, de la façon dont il aimait à être présenté. Né dans une famille pauvre, apprenti boucher dès l'âge de quatorze ans, il était devenu, à force de travail et grâce à sa personnalité hors du commun, un véritable notable.

On percevait, chez ce parti de rien, la joie véritable d'être aujourd'hui quelqu'un d'important. Il était resté plouc par ses manières, par sa faconde, mais désormais, il comptait.

Aussi, il collectionnait les titres de noblesse : président de l'Union Départementale de la Boucherie de l'Oise ; président des Bouchers de Picardie ; premier vice-président national de la Confédération de la boucherie française ; grand maître de la Jurande des compagnons de Saint-Jacques de la Boucherie.

La Légion d'honneur était sans aucun doute possible la grande affaire de sa vie. Dans ce discours de cérémonie, il devrait entendre les mots qui le feraient rosir de fierté, qui rappelleraient le mérite de son parcours devant sa femme, devant ses pairs, devant les habitants de sa ville.

J'avais envie de m'appliquer. Je brossai un texte fourmillant d'anecdotes puisées dans son autobiographie (écartant, cependant, celle de son dépucelage à treize ans derrière l'église du village). J'insistai aussi sur tout ce qui, dans la vie de Jacky, faisait écho à la vision du candidat : le travail, le goût du risque, l'engagement auprès des jeunes. Le discours, naturellement, devait rester politique.

Je pris plaisir à cet exercice, qui me confirma que j'aimais beaucoup raconter la vie des gens.

J'envoyai le discours à Quentin et Ismaël. Il faut croire qu'il donna satisfaction.

J'ai gardé *Je vais vous en boucher un coin* dans ma bibliothèque. Pour le meilleur et pour le pire, mon destin est lié à celui de Jacky Lebrun.

Forte de ce test réussi, j'avais rejoint l'équipe de campagne en tant que plume ; excitée, terrifiée, mais bizarrement confiante aussi. J'avais cru que la sincérité de mon écriture suffirait, car il me semblait avoir compris et fait mienne la logique interne du candidat, sa cohérence, sa vision. Je me trompais, bien sûr – je me trompais sur les deux tableaux.

Plume historique d'EM, Quentin était absolument dépourvu de sincérité, mais il était brillant et rodé à l'exercice. C'était un magicien des discours. Il employait une langue très soignée, très propre, tout en usant de mots simples, accessibles à tout le monde. La structure de ses textes était impeccable, son raisonnement limpide, le rythme convenait toujours.

Il inventait des formules avec une facilité déconcertante – la « formule » étant le nerf et le muscle d'un discours macronien. Pour chaque sujet, pour chaque audience, Quentin trouvait un angle original, et le déroulait de façon parfaitement maîtrisée.

Il n'innovait jamais sur la forme, obéissant aux codes attendus par son chef. Mais il parvenait à renouveler ses formules et la façon d'aborder les sujets.

Quentin, c'était exactement cela : un créatif sans fantaisie. Classique et lisse au point que je me demande si un monde intérieur l'habitait. Si bien élevé que je le trouvais hypocrite et froid. Mais incroyablement talentueux et cultivé.

Si toute cette histoire m'est douloureuse, c'est encore de penser à Quentin qui me fait éprouver le plus grand malaise. C'est lui qui m'a recrutée : j'ai eu à son égard l'attitude du bébé canard qui décide que la première personne qu'il voit est sa maman. J'étais attachée à lui, j'attendais qu'il me rassure continuellement, qu'il me guide. Il l'a fait un peu, au début, puis très vite cela lui a été insupportable. Il voyait bien que je souffrais, et il ne pouvait pas gérer cela en plus du stress qui pesait sur ses épaules. Il considérait, aussi, que ce n'était pas son rôle.

Pour ma part, je savais que mon attitude à son égard n'était pas juste, et comme j'ai horreur de peser sur les gens, j'étais tiraillée entre la volonté de lui foutre la paix et la recherche perpétuelle de son approbation et de son affection. Forcément, cela entraîna de nombreuses situations dans lesquelles je me montrai infernale et ridicule, et dont le seul souvenir me mortifie. Je peux dire qu'il a vu le pire de moi.

Au début, il me trouva sans doute touchante, puis ensuite franchement chiante.

Un jour, sur Telegram, je lui écrivis qu'il serait plus juste que Mélanie, qui avait rejoint le pôle Idées, soit officiellement désignée plume à ma place.

Moi : Elle le mérite, elle travaille beaucoup et bien, et je pense qu'elle souffre d'un manque de reconnaissance. Ce serait vraiment un geste à faire dans sa direction.

Lui : Tu me rends dingue.

Moi : Dans le bon sens ?

Lui : Non.

Moi : Je me rends dingue aussi.

Moi : Mais cette fois-ci, j'ai raison.

Lui : Non.

En définitive, il est difficile de savoir ce que pensait Quentin. Comme Ismaël, il était secret, et se protégeait de tout ce qui aurait pu l'agresser et rendre sa mission plus difficile qu'elle ne l'était déjà. Et moi, avec ma maladresse, mon manque de retenue, la confusion totale de mes sentiments, ma souffrance, je l'ai agressé.

La confusion, c'était encore l'absence d'organigramme, la hiérarchie incertaine et la difficulté à identifier le bon interlocuteur, car plusieurs personnes partageaient une même responsabilité et une même personne pouvait remplir des rôles très différents.

Aujourd'hui encore, je ne sais précisément qui était en charge de quoi.

Le fonctionnement était illisible : cette campagne était bordélique. Elle était bordélique parce que nous manquions de ressources, parce que personne n'y était préparé, parce que cette aventure en était réellement une : hasardeuse autant qu'extraordinaire.

En Marche, c'est le bébé d'une poignée de trentenaires qui a cru à ce rêve dingue quand tout le monde disait que c'était impossible. Isma, Julien, ceux de Bercy. Ceux qui étaient là à la naissance du projet, en ont écrit chaque étape et jusqu'au bout, l'ont porté à bout de bras. Ceux-là sont des couteaux suisses. Ils n'ont pas besoin de procédures ni d'un cadre pour travailler ensemble : En Marche, c'est eux.

Par la force des choses, leur équipe a dû s'agrandir à mesure que la campagne avançait et que leur outsider devenait favori. Chaque semaine, En Marche absorbait une dizaine de nouveaux arrivants. L'assimilation de ces éléments extérieurs ne fut pas toujours facile, ni pour les nouveaux ni pour les anciens. J'ai perçu, chez Quentin notamment, l'amertume d'être « envahi » par ces corps étrangers, d'avoir perdu la pureté et la cohésion des débuts. Le noyau d'origine s'est senti encombré par des gens qui n'en étaient pas.

Je n'avais jamais vu une telle concentration d'intelligence ni une telle désorganisation. Pour survivre et délivrer dans cet environnement anarchique, il ne fallait rien de moins que des surhommes, des personnalités remarquables par leur intelligence et par leur endurance.

Sans doute y avait-il aussi de la place pour des profils intermédiaires. J'aurais dû accepter de n'être pas aussi forte qu'eux – du reste, ils ne me le reprochaient pas –, mais d'avoir ma place malgré tout, et de continuer à apprendre et à progresser. C'est cela que je n'ai pas su faire.

Au sixième étage, j'avais des alliés, des personnes avec lesquelles je me sentais bien.

Parmi elles, il y avait d'abord Valérie, la secrétaire particulière d'EM. J'ai entendu sa voix pour la première fois dans un couloir de la CFDT. Elle me téléphonait pour convenir d'un entretien d'embauche avec Brigitte Macron.

Ce que j'appréciais chez Valérie, c'est qu'elle était réelle. Elle n'était pourtant pas moins courageuse que les autres, quittant rarement le bureau avant minuit, gérant en première ligne les conflits d'agenda, les rendez-vous sensibles, les exigences du candidat (dont elle répétait qu'il était « très sympa »).

Sa position était stratégique : elle savait tout de l'emploi du temps politique et personnel du chef.

Elle avait été l'assistance d'EM au ministère de l'Économie. Quand celui-ci lui avait proposé de participer à l'aventure d'un nouveau parti, Valérie s'était dit « pourquoi pas ? », et elle avait démissionné de son poste confortable à Bercy. Au premier QG du mouvement, rue des Plantes, quand l'équipe se résumait encore à une dizaine de salariés, elle avait transporté les cartons, aidé à monter les étagères.

Elle était du noyau d'origine, engagée bien avant que travailler pour EM ne soit synonyme d'une possible place à l'Élysée.

À mon égard, elle était pleine de sollicitude. Passer un moment avec elle et Marielle, son assistante, m'apportait beaucoup de réconfort. Le soir, dans leur bureau au bout du couloir, juste avant les appartements du candidat, je venais chercher une fourchette pour manger mes sushis (je ne sais pas me servir des baguettes), je piquais un chocolat, des radis (ceux de Brigitte), des Haribo. Je restais un moment à discuter avec Valérie et Marielle. Elles voyaient bien que j'étais fragile, et tout dans leurs gestes et dans leurs paroles me disait : tiens bon.

C'était à elles – secparticulier@en-marche.fr – que j'envoyais la version définitive de mes discours, une fois qu'ils avaient été validés par Isma. Elles se chargeaient de la mise en forme – Garamond 14, interligne 1,5 – et de l'impression, puis glissaient les feuillets dans une pochette à l'attention du candidat.

Généralement, en milieu de journée, Marielle m'envoyait un message sur Telegram : « Hello Marie, vers quelle heure penses-tu que le discours sera prêt ? » Cette question me nouait la gorge, car je savais que je finirais tard. Alors je demandais : « Quelle est la *deadline* ? » À chaque fois, elle me répondait : « Fais au mieux, ne te stresse pas. » Je suis sûre que certains soirs elles ont dû attendre mon discours pour pouvoir monter les dossiers. Elles ne me l'ont jamais reproché.

Pour elles aussi, c'était dur. Valérie avait l'air terriblement fatiguée. Régulièrement, je sentais qu'elle était à cran, prête à abandonner.

Un soir, il se passa quelque chose d'incroyable.

Nous étions quelques-uns dans la salle de réunion au bout du couloir, en face du secrétariat particulier, quand nous entendîmes Valérie hurler :

— Mais merde ! MERDE quoi ! J'en ai marre moi, ça va bien deux minutes !

Ce à quoi une petite voix embarrassée répondit :

— Mais enfin, Valérie...

C'était la voix d'EM !

Nullement calmée, Valérie continua à crier, sur son chef :

— Merde, non, j'en ai marre de cette organisation de merde, marre marre MAARRE !!!

Nous nous sommes tous regardés, personne n'a rien osé dire.

J'ai su plus tard le fin mot de cette histoire. Un soir où je passais dire bonsoir à Valérie et m'attardais dans son bureau, elle me raconta la fois où elle s'était sentie prête à tout abandonner.

Ce jour-là, EM recevait à dîner pour la première fois son nouvel allié François Bayrou et quelques élus du Modem. C'était la veille de la présentation officielle du programme. Le QG était sous haute tension. Ce dîner était d'importance.

Il était convenu de faire appel à un traiteur. Mais Valérie, parce qu'elle était débordée, avait délégué la tâche à un officier de sécurité ; et l'officier de sécurité, parce qu'il était débordé lui aussi, l'avait confiée à quelqu'un d'autre. En fin de compte, la commande avait été passée avec beaucoup de retard. Comble de malchance, le livreur s'était retrouvé bloqué dans un accident de la circulation.

Dans le bureau d'EM, où le centre français scellait une entente historique qui devait prendre à revers les institutions de la Ve République, on commençait à avoir faim. La tension était palpable. Le candidat s'enquerrait toutes les dix minutes de la progression de son repas dans le trafic parisien. Jean-Marie exprima son fort mécontentement à Valérie – et personne n'a envie de recevoir le fort mécontentement de Jean-Marie. Les assiettes arrivèrent finalement vers 23 heures, froides.

Après le départ de ses invités, j'imagine qu'EM était venu demander des explications à sa secrétaire particulière. Et là, Valérie avait explosé.

J'adore cette histoire.

Sophie était une autre de mes alliées.

— Salut ! On se fait la bise, hein ! Bienvenue ici ! Tu verras, on n'est pas beaucoup de filles, alors on se serre les coudes !

L'accueil que me réserva Sophie le jour de mon arrivée était plein de gentillesse, de fraîcheur et de dynamisme, exactement à son image.

Quand je pense à Sophie, je l'imagine avec des chaussures de randonnée et un sac à dos rempli de barres de céréales, embarquant une troupe à l'assaut d'une montagne.

Enthousiaste, franche, toujours souriante, Sophie occupait pourtant l'un des postes les plus exposés au stress, et l'un des plus éprouvants physiquement. Elle était cheffe de cabinet.

Avec Pierre-Olivier dit POC, son binôme, sa mission consistait à organiser les déplacements du candidat – un par jour en moyenne. Pour chacun, Sophie (ou Pierre-Olivier) devait d'abord imaginer la « séquence ».

Prenons l'exemple de la sécurité. Investir ce thème était nécessaire, car le manque de stature régalienne du candidat était un sujet de préoccupation pour l'équipe. Les Français, alertait Denis, avaient du mal à l'imaginer en chef des armées, et ne le considéraient pas non plus comme celui qui les débarrasserait de la délinquance. Aussi, en lien avec Didier, Jean-Marie et d'autres, Sophie réfléchissait : quel endroit, quel moment, quelles rencontres illustreraient le mieux le message que nous souhaitions faire passer, l'image protectrice que nous voulions imprimer dans la rétine des électeurs ? Une visite dans un tribunal pour mineurs ? Quelques heures passées avec les agents du commissariat d'un quartier sensible ? Le choix était important, car il contribuerait à situer politiquement notre candidat, à le démarquer de ses rivaux ou encore à l'inscrire dans la lignée d'un prédécesseur.

Autre exemple, le candidat tenait meeting dans le Lot. On se concertait sur le déroulé de sa journée. Fallait-il se rendre dans une maison de santé, afin d'aborder les problèmes liés à l'enclavement des territoires ruraux ? Fallait-il plutôt visiter un site historique, afin de saluer le riche patrimoine du département, et de dévoiler quelques propositions en matière de tourisme ? Devrait-on, ensuite, organiser un déjeuner avec un sénateur récemment rallié, et quelques élus socialistes sur le point de « basculer » ?

Une campagne est une histoire que l'on raconte en tissant entre elles de nombreuses séquences, elles-mêmes restituées en de nombreuses images. Pour l'équipe de campagne, il s'agit de produire ces images et de maîtriser autant que possible leur interprétation.

Sur BFM, dans les JT du soir, on verrait le candidat discutant avec des policiers, des infirmières, ou déambulant dans les rues d'un village. Quelques mètres derrière lui, l'œil attentif remarquerait la tête blonde de Sophie, le visage ébène de Sibeth.

Les commentateurs politiques livreraient ensuite leur interprétation de ces images, guidés par les mots que Sylvain, Benjamin, et quelques autres, chargés en off du « service après-vente », leur auraient soufflés à l'oreille.

Chaque territoire visité était le théâtre d'un équilibre politique particulier, qu'il convenait de bien identifier. Dans la ville et le département où se tiendrait le meeting, quels étaient les rapports de force politiques ? Qui étaient nos soutiens – officiels, pas encore déclarés, ou prêts à se rallier ? Quels étaient les soutiens de nos adversaires ? Aussi, quelles personnalités politiques fallait-il prévenir en amont, qui devait-on flatter, rencontrer personnellement, inviter à s'asseoir au premier rang ? Sophie, en lien avec Stéphane, le chef du pôle Politique, était chargée de lisser les relations avec les élus.

Moi aussi, je jouais un rôle dans cette préparation minutieuse. Avant chaque meeting, je venais chercher auprès de Sophie et de POC la liste des élus locaux à contacter afin d'en apprendre plus sur le territoire concerné. Les informations obtenues me permettaient de rédiger une introduction « locale », émaillée d'anecdotes, d'hommage aux grands hommes du terroir ou encore de références au pôle de compétitivité ou à l'université qui faisaient la fierté de la région. Je consignais ensuite ces informations dans une « cartouche » que j'insérais au début de mon discours, afin que le candidat ait en tête les préoccupations de son audience, au moment d'improviser sa tirade sur scène.

Pour avoir conscience des mille facteurs qu'il fallait prendre en compte, le mieux était encore d'assister à une « réunion agenda ».

Chaque participant dépliait devant lui l'emploi du temps du candidat pour les trois prochaines semaines, imprimé au format A3 par Valérie. Les colonnes vertes des événements confirmés, les cases rouges de ceux qui devaient encore l'être composaient le visage de notre campagne.

Les équilibres politiques, géographiques, thématiques, s'y reflétaient. Par manque de temps, nous n'avons jamais pu organiser un déplacement au Maroc, alors même que le candidat s'était rendu en Algérie : ce fut une erreur diplomatique.

L'originalité du candidat devait également sauter aux yeux, car son agenda était construit en miroir de celui de ses adversaires. Benoît Hamon se rendait à La Réunion le week-end suivant notre propre déplacement : comment allait-on se démarquer, récolter un meilleur accueil, créer de plus belles images ?

Enfin, les obsessions du candidat transparaissaient dans son agenda. Ce député rencontré pour la quatrième fois en quelques semaines était sans aucun doute appelé à jouer un rôle important. Cette multiplication des déplacements à Berlin témoignait d'un appétit pour l'Europe. Il est particulièrement éclairant que le candidat ait annulé sa participation au grand événement organisé par la CFDT, alors qu'il s'était engagé à s'y rendre, pour rencontrer une fois de plus la chancelière Angela Merkel.

Le rôle de Sophie, naturellement, ne se limitait pas à « imaginer les séquences ». Elle devait encore les organiser, en veillant à ce que tout se déroule pour le mieux, sans accroc. Pour ce faire, elle se rendait sur le terrain en « reco » en amont du déplacement, puis accompagnait le candidat le jour J. On imagine le stress et la fatigue de ces journées passées dans des trains et des avions, à être bousculée sur des marchés, dans des salons, piétinée par des journalistes, obligée de tirer son candidat par la manche lorsque celui-ci décidait de s'aventurer à l'écart du chemin balisé : « Emmanuel, il faut vraiment qu'on y aille, là ! »

Vers 22 heures, cet étage infernal devenait paisible.

Quand je n'étais pas nouée par le stress d'un discours à finir en urgence, j'appréciais l'ambiance qui y régnait.

Denis et Didier étaient souvent déjà partis ; dans le bureau, nous étions tous les trois, David, Quentin et moi. J'entendais Jean converser au téléphone derrière la cloison. Isma travaillait en face, porte fermée ou juste entrouverte.

Le pôle Élus, l'un des plus noctambules, mangeait des hamburgers et buvait des bières autour du canapé. L'impossible équation des investitures aux législatives – qui devait respecter des critères de parité, de diversité, de renouvellement, tout en veillant aux équilibres politiques et en récompensant les ralliements – tenait éveillée tard dans la nuit la demi-douzaine de garçons qui en avait la charge, sous la houlette de Stéphane, le conseiller parlementaire.

Après une journée menée au pas de course, à écluser les urgences, rédiger des notes puis tenter d'en déminer ou d'en éclaircir quelques éléments au téléphone, c'était enfin l'heure douce. Mes collègues relâchaient la pression. Et ils faisaient le point.

Jean débarquait dans notre bureau, en disant : « Bon, je crois qu'il faut qu'on insiste plus sur le plan d'investissement » ; ou bien : « Bon, on doit vraiment être plus pédago sur le paritarisme » ; ou encore : « Bon, David, tu as vu le mail de Philippe sur la trajectoire ? On fait quoi ? »

Aucune de ces paroles ne m'était destinée et je me gardais bien de me mêler aux conversations qui suivaient. Quoi qu'il en soit, j'aimais beaucoup les écouter.

Puis quelqu'un lançait une commande :

— Qui mange ? On mange quoi ?

C'était souvent japonais. David me tendait son téléphone et je déroulais le menu pour sélectionner mon chirashi, saumon, avocat, coco. Régulièrement,

David déclarait qu'il n'en pouvait plus du poisson cru. Alors il se faisait livrer une bavette, accompagnée de pommes sautées. Je le revois découpant avec soin son morceau de viande dans une barquette en plastique, sur un coin de son bureau.

Un soir, les garçons décidèrent de commander un couscous. Celui-ci nous arriva dans trois larges tupperwares, semoule, viandes et légumes : il y en avait suffisamment pour nourrir tout le QG. Jean s'installa à la place de Denis avec une assiette. Quand il eut fini de manger, nous ne pûmes que constater le sinistre : le bureau était tout poisseux de semoule. Des auréoles d'huile orange imprégnaient les graphiques et les notes.

Sans doute parce que nous étions crevés, peut-être parce que ça sentait la merguez, et sûrement parce que cela nous faisait du bien, nous partîmes dans un fou rire général. Je n'avais jamais vu Jean aussi déchaîné. Le grand économiste, figure d'autorité, était plié en deux. Il prenait des photos avec son portable ; il tentait d'éponger l'huile avec du papier toilette mais ne faisait que l'étaler davantage, ce qui redoublait son hilarité.

À partir de ce soir-là, « pourrir le bureau de Denis » devint un sport national.

J'adorais quand David et Quentin pétaient les plombs. Cela n'arrivait pas souvent, car ils étaient consciencieux et absorbés par leur immense charge de travail. Mais certaines fois, leurs nerfs lâchaient.

— Mais j'en ai marre, mais j'en ai marre de ce putain de programme !

— Mais moi aussi, bordel de merde !

— On pourrait être sur une pelouse !

— On pourrait être sur une terrasse !

— À boire des bières !

— À mater des filles !

— Au lieu de se faire chier avec la bascule cotisation sociale CSG !

— Bordel !

J'étais le meilleur des publics quand ils faisaient leur numéro.

Même si je cachais mon visage dans mes cheveux ou dans mes mains, parce qu'il était de plus en plus enflé ; même si je n'essayais pas de me mêler à leurs blagues, quand ils partaient dans leurs délires, je n'en pouvais plus de rire, et je crois que j'étais bien.

Un jour, comme il faisait beau et chaud, et que la poignée de la baie vitrée n'avait pas encore été scellée, ils décidèrent d'installer leurs chaises sur le balcon. L'ordinateur sur les genoux, ils restèrent ainsi à travailler tout l'après-midi, malgré le soleil qui éblouissait leur écran.

J'ai pris une photo d'eux : on les voit assis, de dos, face au ciel bleu. C'était quinze jours environ après mon arrivée. Je m'étais déjà attachée à eux.

Dans les Uber qui me ramenaient chez moi le soir, je me rappelle les sanglots immenses, incontrôlables, les conversations au téléphone avec ma mère entrecoupées de hoquets. Je revois le regard inquiet que me lançait le chauffeur dans le rétroviseur.

D'autres fois, j'étais juste saoulée de fatigue. Le nez contre la vitre, je regardais les rues de Paris défiler sous les lumières de la nuit. Les enseignes, les vélos, les voitures, les bus, les gens qui semblaient paisibles, la vie normale qui continuait. Dans le quartier d'Oberkampf, à quelques pas de chez moi, les jeunes sur les trottoirs fumaient des clopes, buvaient des cannettes, se préparaient à aller faire la fête. Je pensais à ma vie d'avant, organisée autour de rituels qui me rassuraient et de moments où j'avais l'impression d'exister. Je ne pensais presque plus à Manuel. Signe de ma confusion, après l'avoir repoussé malgré mon amour pour lui, après l'avoir sorti de ma vie pour lui épargner tout cela, et surtout m'épargner qu'il n'y assiste, je l'avais aussi effacé de mon esprit.

J'ai ressenti des moments de désespoir intense dans ces Uber du soir. Pourtant, chaque matin qui a succédé à ces soirées, je me suis levée, j'ai pris une douche, j'ai marché jusqu'au métro : je suis allée travailler. Dans l'ascenseur qui me conduisait au sixième étage, la honte me brûlait la gorge. J'avais honte de mon corps qui se déformait, honte de mon apparence de plus en plus négligée, qui tranchait avec les costumes des hommes et les talons des femmes de l'équipe. Honte de mon inhibition, honte de ma confusion, honte de ma honte.

Pendant deux mois, j'ai vécu des moments de panique, d'humiliation, d'accablement. J'ai voulu mille fois disparaître, et autant de fois j'ai cru que ma vie était finie. Pourtant, je n'ai jamais rien vécu de comparable à cette journée du 28 mars.

Avant de la raconter, il me faut revenir en arrière. Dix jours plus tôt, j'avais été chargée de préparer les discours des meetings de La Réunion et de Mayotte. À cette occasion, j'avais fait la connaissance du groupe Outre-mer.

Comme je pus assez vite le constater, le groupe Outre-mer était plein de bonnes volontés, mais c'étaient des volontés divergentes : pas moins de trois points de vue différents s'y contredisaient.

Il y avait d'abord Julien et Audrey, très sympas et disponibles ; ensuite Anne, grosse bosseuse, mais qui prenait toujours le contre-pied des deux autres et avait la manie de les exclure des boucles mails quand elle envoyait des notes dissidentes ; enfin Max, véritable électron libre, entrepreneur amoureux des îles, obsédé par l'idée d'y développer « des filières » – et que le reste du groupe avait fini par mettre à l'écart de ses travaux.

Sur les sujets les plus importants, ils ne parvenaient pas à se mettre d'accord. Ainsi allait la vie des groupes : les scissions étaient courantes au fil des mois de travail. Des sous-groupes se formaient, défendant des positions différentes – qui reflétaient parfois leurs intérêts professionnels ou la culture de leurs ministères respectifs. Même après que le chef eut tranché en faveur de tel ou tel, les antagonismes perduraient. Ainsi, au sein du groupe Agriculture, le camp des productivistes, qui avait gagné les arbitrages, snobait complètement le camp des environnementalistes.

Tout ce beau monde devait pourtant continuer à travailler ensemble : une fois le programme écrit, il fallait encore en assurer le service après-vente, et notamment préparer des notes pour les interviews thématiques.

Les groupes étaient soumis à une pression constante. Comme le stock d'interviews était considérable, et que le processus pour les traiter était un bordel sans nom, nos pauvres experts étaient continuellement sollicités, et sommés de répondre dans des délais très serrés. Chacun d'entre eux avait une vie professionnelle par ailleurs. Pas étonnant que les nerfs de certains aient fini par lâcher.

David et Quentin passaient beaucoup de temps à préserver la paix. Ils étaient très habiles dans cet exercice. Cela ne les empêchait pas de s'amuser des tournures aigres que prenaient certains échanges de mail.

— Énorme ! T'as vu la réponse de M. à Th. qui l'a accusé de conflit d'intérêts ? « On va régler cela en bilatéral. » Ma parole, il le provoque en duel !

Concernant le groupe Outre-mer, ils m'avaient mise en garde : « Ce sont des dingues. »

Je savais donc à quoi m'attendre en attaquant la rédaction des discours La Réunion et Mayotte.

Le premier discours avait vocation à dévoiler l'intégralité du programme outre-mer. Pour le construire, je disposais de dix fiches thématiques transmises par le groupe : une sur l'économie, une sur la sécurité, une sur la vie chère, etc. J'essayais d'assembler ces éléments autour d'un plan pertinent, qui mettrait en valeur chaque proposition (investissement, bourses, renforcement du SMA…), tout en suivant le fil rouge des concepts-signature du candidat (émancipation, libérer les énergies, rendre le pouvoir à ceux qui font, etc.). Pour plus de chair, chaque mesure serait enrobée par un exemple réunionnais – un chiffre, la référence à un quartier ou à une entreprise.

Cela, c'était pour le ventre du discours. Rien d'autre que le programme mis en formules, en relief et en rythme. Quant à l'introduction, elle devait être une adresse forte, charnelle, au peuple ultramarin.

Il faut imaginer le chef sur scène, en bras de chemise, agitant la main pour saluer les cinq cents personnes présentes dans ce hangar en tôle improvisé en salle de meeting, où la température frôlerait les 40 degrés. Il faut le voir, tandis que les applaudissements commencent à fléchir, lancer les premiers mots dans le micro : « Bonjour, Saint-Denis ! »

Mais je pressentais que l'adresse aux Français d'outre-mer ne serait pas simple. Je les imaginais fiers et susceptibles. La relation à l'hexagone reste compliquée. Il faudrait dénoncer les relations déséquilibrées, la dépendance économique, sans pour autant donner le sentiment de les considérer comme des territoires assistés. Il faudrait promettre le rattrapage, tout en refusant la mise sous perfusion. Il faudrait encore reconnaître la diversité des cultures, des langues, des traditions, tout en rappelant l'appartenance à la République. Car c'est bien de cela qu'il était question.

Dès l'introduction, notre futur président de la République devait dire aux habitants de Saint-Denis, et à travers eux, aux Guyanais, aux Martiniquais, aux Guadeloupéens, à toute la population d'outre-mer, la place incontestable qui était la leur dans notre nation.

« La France n'a pas de périphérie, elle n'a qu'un cœur, et vous êtes son cœur. »

« Parce que vous êtes Français, vous avez le droit au meilleur de la France. »

« Vous, Réunionnais, nous donnez une leçon de République. »

Il faudrait aussi évoquer les heures sombres de l'Histoire, sans trop s'y arrêter – personne n'avait envie que notre candidat insiste à nouveau sur les questions mémorielles…

Quand j'y pense, c'était un exercice passionnant. J'ai énormément appris pendant les trois jours qu'a duré l'écriture de ces deux discours. Mais ce furent surtout trois jours de stress intense. J'étais terrorisée à l'idée de rendre deux mauvais textes. Et surtout, je débarquais au beau milieu d'un panier de crabes.

Malgré leur disponibilité et leur gentillesse, les membres du groupe Outre-mer étaient épouvantables. Sur la plupart des sujets, ils disaient des choses contradictoires. Surtout, ils ne se parlaient plus.

Je rédigeais un paragraphe sur l'agriculture réunionnaise, à partir d'une note qu'ils m'avaient transmise : tout en soutenant les grandes filières exportatrices, il faudrait aussi réorienter l'agriculture vers une production locale, afin d'engager l'île vers l'autosuffisance alimentaire. Anne, à qui je faisais relire cette partie du discours, infléchissait la formulation dans le sens d'un soutien plus marqué à l'économie de la canne à sucre. J'envoyais une nouvelle version à tout le monde ; Julien m'appelait directement au téléphone pour contredire Anne.

Idem sur la continuité territoriale. Julien insistait sur l'importance de l'ouverture du ciel réunionnais. Anne disait que la concurrence était déjà établie et que ce n'était pas le sujet.

— Enlevez cette phrase, c'est ridicule.

— Garde cette phrase, les élus qui nous soutiennent le réclament.

— Mais Anne me dit de l'enlever...

— Garde-la, et ne lui fais pas relire cette version-là du discours.

Les échanges avec Max étaient plus harassants encore.

— Il ne faut surtout pas qu'il parle d'émancipation ! Ils vont très mal le prendre ! On ne dit pas de tels mots à un peuple dont les ancêtres étaient des esclaves !

— Mais enfin, Max, l'émancipation, c'est notre concept clé...

— Qu'il en change ! Parle plutôt d'égalité réelle !

— Mais on ne peut pas, Max ! C'est le concept de Hollande ça !

Je décidais de ne pas tenir compte de ces propos. Pourtant, dans les moments d'angoisse, j'imaginais mon candidat sur scène, hué par la foule parce qu'il avait eu le malheur de prononcer le mot tabou…

Max me disait encore :

— Et surtout, enlève-moi cette référence à l'article 73 de la Constitution ! Les Réunionnais n'en veulent pas !

— Comment ça ils n'en veulent pas ? me disait Audrey que j'avais ensuite au téléphone. Bien sûr qu'ils en veulent ! Il craque complètement, Max ! J'imagine qu'il a essayé de te refourguer le concept d'égalité réelle ?

Je découvrais avec effroi que les divergences du groupe Outre-mer n'avaient jamais été arbitrées par personne.

C'est peu de dire que le sujet n'était pas au cœur des préoccupations de Jean et d'Alexis. Aussi, les deux chefs n'avaient lu aucune des notes thématiques du groupe, qui servaient pourtant de matière première à mes discours.

Ces notes contenaient donc des mesures, aux impacts budgétaires conséquents, que personne n'avait jamais approuvées. En fait, hormis les quelques engagements vagues qui figuraient sur le site Internet, le programme outre-mer était resté à l'état de propositions – discordantes – du groupe de travail.

Ce serait donc mon discours qui permettrait de rendre les arbitrages. Encore fallait-il que je fasse le tri parmi les différentes contributions. Sur les conseils de Quentin et David, je décidai de faire confiance à Julien.

La Réunion ne mit pas fin à mon supplice. Au moment d'attaquer le discours pour Mayotte, je réalisai que je n'avais pratiquement rien à dire aux habitants de cette île. En effet, les fiches thématiques que l'on m'avait transmises, hormis deux d'entre elles, n'étaient pas pertinentes pour Mayotte qui connaît des problématiques spécifiques et un droit entièrement dérogatoire.

Malgré tout, les deux discours furent rédigés. Mélanie, qui était arrivée en renfort quelques jours plus tôt, proposa avec beaucoup d'optimisme et de gentillesse de relire et d'améliorer mes introductions.

Le matin où j'envoyai les versions finales de mes discours au secrétariat particulier, je découvris une dizaine de fiches très complètes, dont j'ignorais totalement l'existence, sur la situation économique et sociale de Mayotte et de la Réunion.

Le groupe avait oublié de me les envoyer.

Aussi, le mardi 28 mars, quand on me confia la préparation des EDL pour l'interview de France O, signant mes retrouvailles avec le groupe Outre-mer, je compris que j'allais passer une mauvaise journée. En vérité, elle fut pire.

Le groupe avait fourni une trentaine de notes sur des sujets variés, allant de la situation en Guyane à la crise du nickel en Nouvelle-Calédonie. À partir de ces notes, je devais rédiger des éléments de réponses synthétiques que le candidat aurait sous les yeux pendant l'interview.

En fait, les questions du journaliste ne porteraient que sur une dizaine de sujets. La liste avait été transmise depuis longtemps au service de presse, mais en raison de la désorganisation totale qui y régnait, celui-ci avait oublié de la transférer. Je ne la récupérai qu'en début d'après-midi. Il me restait seulement quelques heures pour boucler le dossier.

Trente documents ouverts sur l'écran de mon ordinateur. Je tentais de déchiffrer, de sélectionner, de compiler. Ces fiches, pour la plupart, ne convenaient pas ; trop longues, certaines inutiles, ne couvrant pas les sujets qui seraient abordés pendant l'interview. Je dus en commander d'autres en urgence ; elles m'arrivèrent au compte-gouttes pendant l'après-midi.

Et le ballet infernal du groupe Outre-mer reprit. Audrey envoyait une réponse par mail, qu'Anne me démentait catégoriquement par téléphone. Julien n'était pas joignable.

Tous cependant s'accordaient à dire que chaque sujet était potentiellement explosif. Ainsi de l'octroi de mer (« le mieux serait encore qu'il esquive la question »), du surtraitement des fonctionnaires (« le mieux serait encore qu'il esquive la question »), ou des congés bonifiés (« ... qu'il esquive la question »).

Le matin même, lors d'une réunion à laquelle je n'assistais pas, le chef avait mis ses troupes sous pression. Il exigeait des dossiers impeccables, des notes claires, et surtout courtes.

Mon dossier serait parmi les premiers qui lui seraient remis à la suite des consignes agacées qu'il avait passées ce matin-là.

Je devais synthétiser en trois phrases les notes de six pages du groupe Outre-mer, qui portaient sur des sujets que je ne maîtrisais pas, mais dont je savais qu'ils étaient sensibles, et sur lesquels on me livrait des informations contradictoires. Et l'heure tournait.

Bientôt on vint dans mon bureau surveiller l'avancée de mon travail. Je compris que j'allais rendre un dossier mal ficelé, parcellaire, qui pourrait potentiellement mettre en difficulté le candidat.

Le malaise était perceptible. Jean-Marie demanda s'il fallait annuler l'interview. Finalement, Jean prit sur lui de valider mes notes, qu'il avait relues en diagonale, sans rien connaître du sujet.

Cette journée-là fut la journée de trop.

Recroquevillée sur une chaise, sur le balcon, je pleurais de dégoût.

Je savais que ce n'était rien, cette interview France O. Rien de plus que le travail quotidien de mes collègues. Ce malheureux dossier qui m'avait mise en échec, Quentin, David ou encore Mélanie n'en auraient fait qu'une bouchée.

Mais les deux derniers mois m'avaient rongée. Je n'avais plus de peau, plus d'ongles ni de cheveux ; plus aucune barrière naturelle pour me protéger. Le moindre souffle me projetait au sol, la moindre éraflure entaillait ma chair.

J'avais la sensation d'être en état de décomposition. Mon ventre et mes joues gonflaient comme ceux d'un noyé. Mon haleine, l'odeur de mon cuir chevelu et de mes aisselles étaient de plus en plus aigres. La maladie progressait, attaquant mes nerfs, mes neurones, ma langue. Jour après jour, elle me laissait un peu plus étrange et désorientée.

Cette saloperie ne gagnait pourtant pas toutes les batailles, loin de là. Depuis le temps, j'avais appris à la combattre, elle, et d'autres. Ces trois dernières années, elle avait continué à faire des dégâts, mais jamais trop longtemps. Et certainement pas au point de m'empêcher de travailler, d'aimer, de vivre. Je la matais, je pansais mes blessures. Je repartais.

Mais cette fois-ci, j'allais perdre. Dans cette configuration, dans ce nouvel environnement que j'avais choisi, je n'avais aucune chance contre elle. Et je savais très bien ce qui allait se passer : si on ne l'arrêtait pas, elle continuerait jusqu'à m'avoir intégralement dévorée.

Ce soir-là, sur le balcon sous la lune, ce n'était pas à la maladie que je songeais. J'allais mettre le candidat en danger. Je ne le portais pas dans mon cœur, mais c'était mon patron. Il travaillait comme un dingue. Mon travail à moi, comme à tous ses collaborateurs, était de le protéger. Sylvain le protégeait en déminant les articles écrits sur lui. Sibeth et Sophie le protégeaient en repoussant les journalistes qui se pressaient contre lui lors des déplacements. Jean-Marie et Valérie le protégeaient en ménageant des plages de repos dans son emploi du temps. Isma le protégeait en ne dormant plus et en dessinant la stratégie qui le ferait gagner. Mes collègues se défonçaient pour qu'EM ne flanche pas. Mais par ma faute, il allait partir en interview avec un dossier bancal, sans ceinture de sécurité.

En quittant le bureau, j'étais certaine que je n'y retournerais pas.

Il m'était arrivé plus d'une fois, au seuil de la porte, de regarder *une dernière fois* le couloir, l'enfilade de portes rouges que mes collègues ouvraient et refermaient derrière eux, afin de graver ce sixième étage dans ma mémoire, *une dernière fois.*

C'est ce que je fis ce soir-là. Mais surtout, puisque c'était le dernier soir, j'avais envie de boire une bière avec mes collègues. Jamais nous n'étions allés boire des verres ensemble, même si nous avions parfois évoqué l'idée.

David comprit que c'était important. Il embarqua Grégoire du service de presse et Quentin, et nous nous rendîmes tous les quatre dans le bar où tout avait commencé.

Situé à quelques pas du QG, ce bar avait accueilli ma toute première rencontre avec Quentin, en novembre, puis la seconde en janvier, lorsqu'il m'avait « rappelée ».

Brefs souvenirs de ces deux rendez-vous. Nous avions parlé autour d'une bougie et d'une coupelle de cacahuètes auxquelles je ne touchais pas. Il buvait une pinte, et moi une Badoit. Je ne m'étais alors pas rendu compte qu'il était beau. Je le trouvais sans surprise. Agréable, sans densité ; intelligent, sans profondeur, intimidant par la maîtrise et la confiance qui émanaient de lui. Ma voix s'était étranglée plusieurs fois, comme à chaque fois que je suis impressionnée. À cette époque, mes ongles étaient vernis, je portais des talons, il n'y avait pas de miettes sur mon manteau.

Il me regardait bizarrement, sans que je devine ce qu'il pouvait penser. Je crois qu'il avait compris assez vite que j'étais différente. Il n'avait perçu cependant *qu'une partie* de ma différence ; celle relative à mes origines modestes, à mon engagement militant, à l'absence d'ambition dévorante. Si elle avait été la seule, cette différence n'aurait pas été un obstacle insurmontable. J'aurais morflé, bien sûr. Je me serais souvent sentie décalée, jugée illégitime, j'aurais eu à affronter la condescendance de certains. Mais s'il n'y avait eu que cela, j'aurais sans doute pu aller jusqu'au bout de cette campagne.

L'autre différence, en revanche, celle que personne ne pouvait déceler au premier coup d'œil, et que beaucoup dans mon entourage ignoraient : celle-là était une frontière. La souffrance psychique n'a pas sa place ailleurs que dans les marges. Je le savais pourtant. Je pensais que j'arriverais à la cacher.

Dans ce bar dont j'ai oublié le nom et où je mettais les pieds pour la troisième fois, David et moi commandâmes une planche de charcuterie, tandis que Quentin se faisait servir une tartine d'œufs brouillés. Bières pour tout le monde. Juliette et Thibaut, les petites abeilles de Telegram, nous rejoignirent dans la soirée.

De quoi avons-nous parlé ? De la campagne, de la fatigue, de l'excitation, des soixante-douze heures de disparition mystérieuse d'Ismaël, des ragots du moment. Du portrait à venir de Quentin dans *Libé*. Je ne me souviens plus très bien.

À plusieurs moments dans la soirée, au milieu des verres et des rires de mes collègues, j'ai pensé au candidat. Je l'imaginais assis sur le bord de son lit, la cravate dénouée autour du cou. Avant d'achever cette journée épuisante, il avait voulu consulter les dossiers du lendemain. Sans doute Brigitte l'avait-elle houspillé : « Couche-toi, enfin, tu as fait plus que ta part aujourd'hui. Tu as le droit à un peu de répit. Il n'est plus temps de travailler. » Il lui avait répondu qu'il voulait simplement se préparer au lendemain. Pour anticiper, pour se rassurer ; son sommeil n'en serait que plus paisible. En ouvrant la pochette floquée de l'étiquette « France O », en parcourant du regard les quatre feuillets, il avait senti la colère monter dans sa gorge. *D'accord, donc je suis à poil. Je vais devoir me débrouiller avec ça...*

Vers 1 heure du matin, nous décidâmes qu'il était temps de rentrer.

Je commandai un Uber avec Quentin et David. L'avantage de la relative homogénéité sociologique d'En Marche, c'est qu'il était facile de partager une voiture avec un collègue : nous habitions tous dans les mêmes coins de Paris.

J'étais saoule. Envahie par une tristesse infinie. C'était la tristesse d'aimer cette équipe sans parvenir à en faire partie. La tristesse d'être au cœur d'une aventure extraordinaire sans arriver à y prendre ma part. La tristesse de vivre à côté de ces guerriers, si courageux, sans pouvoir ni les épauler ni les soulager.

C'était la rage de rester interdite, confuse, à chaque fois qu'ils auraient eu besoin que je prenne des initiatives. La rage de constater que les heures passées à travailler débouchaient invariablement sur un résultat de mauvaise qualité. La rage de penser que les choses auraient pu être autrement, mais qu'il était trop tard désormais, parce que la maladie avait déjà gagné, parce que je me dirigeais vers le pire.

C'était la souffrance d'avoir été choisie par eux et de les avoir déçus.

David descendit près de Châtelet. Notre chauffeur se dirigea ensuite vers les Buttes-Chaumont, où il devait déposer Quentin. À partir de là, j'avais décidé de rentrer chez moi à pied : je n'avais qu'à descendre la rue de Belleville.

Assise à l'avant, je regardais le beau visage de Quentin dans le rétroviseur. Son regard toujours un peu flottant ; sa bouche d'enfant gâté qui tirait imperceptiblement vers le bas. Cette langueur de sale gosse qui le plaçait à distance du stress et du monde, et me faisait le haïr parfois. Les larmes débordaient de mes yeux.

— Quentin…

— T'as pas un stylo ?

— Si. Tiens. Quentin…

— Quoi ?

— On a perdu le vote ultramarin ce soir.

— Ah. C'est les EDL France O qui ne vont pas ?

— Ils ne vont pas, non.

Il esquissa un genre de sourire : « *It's life.* »

Dans un autre monde, j'aurais dû être pote avec ce mec. Si la vie avait été juste, il n'aurait pas dû assister à la dégradation de mon apparence ni à la confusion de mon esprit. Bordel, j'aurais dû pouvoir le regarder dans les yeux, lui donner mon avis sur les choses, le remettre à sa place plus d'une fois.

Alors que la voiture s'engageait dans sa rue, il se pencha par-dessus mon siège et déposa un livre sur mes genoux. Un bel ouvrage, encadré du fameux liseré rouge, avec en grandes lettres son nom et le titre qu'il avait choisi.

— Waouh !

Il était manifestement ému. J'étais émue aussi.

— Je croyais qu'il sortait seulement dans quinze jours ?

— C'est donc une avant-première.

— C'est complètement ouf, Quentin !

(Sourire.)

— Alors ? Qu'est-ce que cela fait, d'avoir son propre livre dans les mains ?

— En vrai… c'est complètement ouf.

— Tu m'étonnes. Merci en tout cas !

— De rien. Tu le liras !

— Et comment ! Dès cette nuit.

Le chauffeur le déposa et je le regardai s'éloigner dans la rue.

J'ouvris le livre sans attendre. Sur la première page, il avait écrit :

« À Marie, cette *Place Forte* où, heureusement, elle a décidé de rester. »

Je ne démissionnai pas ce soir-là, et ne fus pas renvoyée non plus.

J'abandonnai environ dix jours plus tard.

À côté de la grande campagne, celle des discours, des séquences et des images, il y avait la petite campagne, qui consistait à préciser les intentions du candidat sur des sujets plus ou moins minuscules, à travers des centaines de lettres ouvertes, de tribunes et d'interviews à la presse spécialisée. Dès le lendemain de l'annonce du programme, elle était lancée. Cette petite campagne était chronophage, absurde et souvent drôle. J'y ai un peu participé.

La grande campagne parle au peuple de France. La petite campagne s'adresse aux publics. Qui aurait cru qu'il y en eût autant ? À côté des catégories socioprofessionnelles bien identifiées – les infirmières, les artisans, les policiers… –, je découvrais l'existence d'amicales, de fédérations et d'associations diverses, fondées sur la défense d'un intérêt professionnel, d'une cause ou d'une passion – la corrida ou le bien-être animal, l'autisme ou le commerce de proximité.

Le « public », c'est la figure inverse du « citoyen ». Si ce dernier est une construction abstraite, le public affiche au contraire ses particularismes et des doléances bien concrètes. Son souci n'est pas tant l'intérêt général que l'intérêt de la profession, de la cause ou de la passion qui le définit. Le public est français, très bien, mais d'abord il est chasseur, pharmacien ou automobiliste. Du reste, il ne faut pas s'y tromper : lors d'une élection, c'est plus souvent lui qui vote que le citoyen.

Les publics les mieux organisés étaient sur le pied de guerre pour faire de la campagne une tribune à leurs revendications. Quel meilleur moment, en effet, pour attirer l'attention du futur président et le conduire à prendre des engagements qui lui seraient rappelés pendant les cinq prochaines années ?

Pour qui prétend présider la France, il est donc impossible de ne pas réserver un traitement particulier aux publics. Entreprise que certains jugeront cynique, mais entreprise d'humilité, efficace pour ramener sur terre celui qui serait tenté de marcher sur l'eau. En même temps qu'il parle de l'histoire, du destin et de la grandeur de la France, l'aspirant Père de la Nation ne doit pas perdre de vue ces microcommunautés et les menus privilèges qu'elles espèrent lui arracher.

En réalité, pour préserver la stature présidentielle du candidat, nous lui évitions autant que possible de s'impliquer directement sur ces sujets. La petite campagne était menée en son nom, mais elle empruntait des voies qui croisaient rarement son grand chemin.

Au QG, nous recevions chaque jour des dizaines de lettres qui interpellaient EM sur des sujets dont il ignorait jusqu'à l'existence. Naturellement, elles n'arrivaient jamais jusqu'à lui. Un homme était chargé de les centraliser et de coordonner leurs réponses : Sandro.

J'aimais bien Sandro. Il ne quittait jamais le gilet sans manches si laid qu'une partie des hommes du QG avait adopté, et dont on m'apprit qu'il était à la mode. Sa photo de profil sur Telegram indiquait qu'il avait un temps porté une moustache. Ce détail ne manquait pas de me distraire du sujet de nos conversations. Un jour où nous échangions des messages tout sauf rêveurs sur l'écoulement de notre stock de lettres ouvertes, je ne pus m'empêcher de le questionner :

— Mais Sandro… cette moustache ?

Mais trêve de poésie : Sandro a vu de très près tout ce que notre société produit de catégories, de sous-catégories et de sous-sous-catégories. L'envers de l'universalisme républicain.

Chaque jour, il recevait les représentants de ces publics. Tous lui tenaient plus ou moins ce discours :

1/ Personne ne se préoccupe de nous.

2/ (a) Pourtant, nous sommes nombreux (comprendre : nous votons, *chiffres à l'appui*) ; (b) notre sujet présente un potentiel économique considérable pour le pays (*chiffres à l'appui*).

3/ C'est pourquoi nous voudrions, a minima : (a) une loi de programmation ; (b) un délégué ministériel ; (c) être reconnus grande cause nationale pour le quinquennat.

Ce triptyque revendicatif semblait être le dénominateur commun à toutes les causes, peu ou prou. Rires nerveux et interrogations existentielles (« Est-ce donc cela, une campagne présidentielle ? »)

lorsque Jean déposa sur notre bureau un fascicule en papier glacé émanant de la Fédération nationale des métiers du stationnement : parmi les revendications dûment numérotées, celle de créer un Délégué ministériel aux parkings.

Quant aux grandes causes nationales, elles ne s'accommodaient pas trop du pluriel, justement. Si on voulait les garder grandes et nationales, il ne fallait pas les multiplier. Nous en avions déjà une, annoncée par le candidat : l'égalité entre les femmes et les hommes. Désolé, la case était cochée.

Sandro s'acquittait consciencieusement de sa mission de dingue. À sa place, je n'aurais pas pu m'empêcher de glousser ou de prendre peur face à ces individus convaincus qu'une ambition pour la France impliquait de faire de l'orthopédie ou du jardinage une priorité des politiques publiques.

Mais Sandro était un vrai professionnel. Je le vis rester calme et sérieux pendant les quarante-cinq minutes que dura son échange téléphonique avec le président septuagénaire d'une association des pompiers. Ce jour-là, je travaillais dans le bureau du quatrième étage qu'il partageait avec Matthieu et Étienne (tous deux membres de la cellule Riposte, attachée au porte-parolat). J'aidais la Riposte à écrire les fiches « site » du programme. Mais j'avais de plus en plus de mal à me concentrer, à mesure que la conversation de Sandro montait en décibels.

— Non, colonel, nous en étions à la mesure sur le maillage des casernes. Oui, le MAIL-LA-GE DES CA-SER-NES.

Par moments, il écartait l'appareil de son oreille, nous jetait un regard impuissant et désolé. Puisqu'il n'était plus vraiment possible de travailler, nous décidâmes d'occuper notre temps utilement.

— Hé, Sandro. Pas cap de placer le mot rhododendron dans la conversation !

Sans se laisser distraire, Sandro poursuivit les tractations avec son interlocuteur et, au détour d'une phrase, parvint habilement à suggérer :

— Oui, ou par exemple lors des opérations de sauvetage des chats réfugiés en haut d'un arbre ou dans des massifs de rhododendrons.

Fatalement, Sandro avait fini par se faire envoûter, et par voir lui aussi le monde en publics. Il était convaincu que s'adresser directement à chacun d'eux ferait la différence – sans doute avait-il raison. C'était, selon lui, la grande force de MLP : elle ne parlait pas d'agriculture, elle parlait aux agriculteurs.

Aussi, nous ne devions pas nous contenter de répondre aux sollicitations : il fallait être proactif, aller au-devant de toutes ces corporations avec un message spécifique.

Malgré le faible enthousiasme de Jean et d'Alexis, Sandro réussit à programmer une trentaine de lettres ouvertes à la signature du candidat. Il y en aurait une pour les retraités, une pour les agriculteurs, une pour les enseignants, une pour les anciens combattants, une pour les associations environnementales, une pour les associations autour du handicap, etc.

Dans le même temps, le service presse relayait chaque jour des centaines de demandes d'interviews écrites émanant de la presse spécialisée, professionnelle ou de loisir. Le flux était continu, le stock conduisait droit au désespoir.

Une fois le programme écrit, mes collègues n'eurent donc pas le loisir de souffler. Le travail de bûcheron commençait : il fallait abattre les arbres, proliférants et épais, de la petite campagne.

Les différentes commandes – lettres, interviews ou tribunes – transitaient la plupart du temps par Quentin et David, qui les redirigeaient ensuite vers les groupes de travail concernés.

Première étape : les experts produisaient un premier jet technique. Ce travail consistait à disséquer le programme, pour en isoler les fragments qui intéressaient notre destinataire ; à les expliquer, les préciser, en ajoutant aux grandes mesures déjà annoncées des ramifications et des détails. Les groupes trouvaient dans cet exercice une relative liberté. Plus le sujet était pointu, moins il avait fait l'objet d'une discussion antérieure. Nos experts avaient donc tout loisir de faire parler leur sensibilité et leur expertise en affirmant : « Président, EM décidera de… » ou « Nous nous engagerons pour que… ».

Sur ce premier jet, il fallait passer « un coup de plume », c'est-à-dire mettre en forme et en sens politique les mots rêches des spécialistes. Cette deuxième étape – à laquelle je participais – concernait surtout les lettres et les tribunes, moins les interviews qui ne nécessitaient pas d'habillage particulier. La trame des experts était la plupart du temps une liste de mesures. Un peu comme pour un discours, la plume devait assembler ces éléments autour d'un plan, et donc d'un angle, cohérent avec la vision du candidat autant qu'avec les préoccupations du public. C'était le moment où le discours « citoyen » (le travail, la liberté, l'esprit d'entreprise) venait en renfort du discours « public » (la suppression du RSI, la réforme du régime fiscal de la microentreprise).

Troisième étape : le texte repassait une nouvelle fois par les groupes de travail, qui s'assuraient que la plume inspirée n'avait pas trop amoché la rigueur du raisonnement. On l'envoyait aussi aux « acteurs » de notre réseau : des élus locaux ou des responsables associatifs proches d'En Marche, qui veillaient à ce que les mots employés fassent bien vibrer la corde sensible du public visé.

Ces différentes étapes généraient de nombreux allers-retours, reprises, tractations, modifications en mode apparent qui faisaient que le texte initial revenait à la plume barbouillé de vert, de rouge, de bleu, et qu'on avait de toute façon dépassé le nombre de signes impartis.

Quand le fond et la forme étaient stabilisés, venait le moment de l'ultime validation (URGENT/SIGNALÉ/VALIDATION) sollicitée auprès d'Alexis et de Jean, de Clément parfois ; et d'Isma dans tous les cas.

Ismaël réécrivait de larges passages pour que cela soit « plus concret ». Jean, qui n'avait décidément rien compris à l'exercice et trouvait toujours qu'il y avait « trop de sucre » ou que cela sonnait « trop clientéliste », raidissait ce qui était onctueux et passait les engagements au conditionnel.

Bon an mal an, à l'issue de ces différentes strates d'interventions, nous avions notre lettre ouverte, ou notre interview, ou notre tribune. Sandro récupérait la première, le service presse récupérait les deux autres, et tout cela était diffusé aux publics, via des canaux divers.

C'était un travail considérable et, on s'en doute, moins exaltant que celui qui nous occupait avec la grande campagne. Pour bien le faire, et sereinement, il aurait fallu une organisation redoutable, quasi militaire, que nous n'avions pas.

Plusieurs demandes d'interview s'égaraient dans les boucles de transfert ; certaines étaient retenues sans raison puis transmises à la dernière minute, acculant les rédacteurs. Les validateurs se plaignaient qu'on leur transmette toujours le texte à la dernière minute. Les rédacteurs se plaignaient que la validation tarde toujours à arriver. Les délais étaient régulièrement explosés.

Le service presse passait ses journées à promettre aux journalistes que l'interview serait rendue en temps et en heure, puis à s'excuser que cela n'ait pu être le cas. Nouveau délai accordé, nouvel engagement, heure qui tourne, menace de bouclage imminent (« Tous les candidats ont déjà répondu, vous êtes les seuls à ne pas nous avoir transmis vos réponses ! »), mortification du service de presse, stress, stress. En catastrophe, on cherchait à quel endroit du processus l'interview était restée coincée – c'était généralement au stade de la validation, car si Alexis était mécanique, Jean manquait de réactivité. Alors on renvoyait un mail, un Telegram, un texto. Pression, pression.

« Ce cauchemar que l'on nomme presse spécialisée », disait souvent Grégoire qui y consacrait le début de ses nuits, entre 22 heures et 1 heure du matin.

À la décharge de la boucle de validation, le drame d'une campagne c'est que tout y est aigu, capital. C'est le syndrome TTU (très très urgent), l'embouteillage des priorités, qu'il faut concilier avec les limites du temps imparti. Certains avaient décidé d'abolir les limites. Isma, par exemple, considérait que dormir était une activité qu'il n'avait pas le temps de s'accorder : il validait plus vite que son ombre.

Dans ce désordre, j'imagine que nous avions fini par être en délicatesse avec une partie de la profession journalistique. Chaque membre de l'équipe avait sa tâche ingrate, mais j'ai toujours eu beaucoup de compassion pour le service presse, condamné à mettre la pression en interne pour hâter les choses et à se prendre des beignes en externe parce que rien n'allait assez vite.

Sandro aussi, sous son flegme, devenait nerveux et franchement obsessionnel sur la fin. Les lettres ouvertes étaient la grande affaire de sa campagne, son apothéose, son sommet. Nous recevions de sa part des Telegram pressants (il ne mettait jamais les formes) pour savoir si, où et comment les choses avançaient.

Le dernier mail que j'ai envoyé depuis ma messagerie professionnelle, avant de quitter définitivement le navire au beau milieu de la traversée, fut un projet de lettre ouverte aux associations environnementales. Je partais en ayant réussi à écouler mon petit stock – il ne me restait que la lettre aux acteurs du numérique, mais elle n'était pas prioritaire, et je demandai à en être déchargée.

Heureusement, le pôle Idées s'était renforcé avec l'arrivée de Marc, Fanny et Mélanie. Grâce à eux, notre petit bataillon ressemblait déjà un peu plus à une armée. Leur aide était précieuse pour gérer le tout-venant des journées de campagne : rédiger des EDL pour le chef en amont des débats télévisés, répondre aux interviews, écrire des lettres et des tribunes...

Mélanie, ancienne plume à Matignon, était également chargée de m'aider pour les discours. Son arrivée au QG coïncida avec mon premier décrochage. Recrutée sans mission précise – mais personne n'en avait –, on lui apprit à cette occasion qu'elle allait devoir écrire les discours, parce que la plume actuelle était... momentanément arrêtée ? Sur le point d'abandonner définitivement ? Débordée par sa tâche ? Je ne sais pas ce qu'on lui raconta exactement, mais il y a fort à parier que ce n'était pas clair.

Quoi qu'il en soit, quand finalement je repris mon poste, après cinq jours d'arrêt maladie, Quentin fut catégorique : je garderais la main sur les discours et Mélanie serait là pour m'aider.

L'arrivée de Mélanie marque un tournant dans ma campagne. Elle y a apporté de la quiétude, de la légèreté. Elle m'a laissé entrevoir la possibilité d'une charge de travail à ma portée. Grâce à sa présence, j'ai pensé que cette tâche extraordinaire, harassante, allait peut-être prendre les proportions de la vie et du travail humains. J'ai pensé pouvoir rester.

Ce n'était pas seulement le fait qu'elle me décharge de certains discours. C'était aussi son regard sur mon travail, rassurant. C'était sa disponibilité totale, et son rapport à l'urgence. Rien ne l'écrasait jamais : elle savait que quoi qu'il arrive, nous en viendrions à bout.

Je ne voudrais pas pour autant donner l'impression que nos relations étaient harmonieuses et faciles. Mélanie était un peu frustrée. La majorité de son travail consistait à répondre à des interviews pour *Le Moniteur des Pharmacies* ou *La Gazette des Communes*. Les discours n'en représentaient qu'une petite partie. Pourtant, c'est ce qu'elle adorait faire. Elle le faisait d'ailleurs avec confiance, sans trembler. Comme la plupart de ceux que j'ai rencontrés à En Marche, jamais il ne lui serait venu à l'idée que son travail n'était pas à la hauteur.

J'ai pu constater ce que cette absence de doute produisait chez mes collègues. Ce n'était pas de la vanité, trait de caractère que l'on retrouve chez ceux qui, peu certains de leur qualité, ont besoin d'en prendre les autres à témoin. Non, c'était plutôt de la tranquillité. Et donc, par conséquent, c'était de la fatigue, parfois de la lassitude, mais jamais de l'accablement. Comme Quentin, comme David, Mélanie trouvait que la charge de travail était pesante. Mais contrairement à moi, elle ne l'écrasait pas. Parce qu'elle savait que, quoi qu'il arrive, elle ferait le job, et qu'elle le ferait bien.

À cause de nos places superposées, de ce rôle inconfortable et ingrat qu'on lui avait donné par rapport au mien, et à cause de ma confusion, il y eut entre nous quelques frictions au début. Nous nous disputâmes, à mots feutrés, la paternité d'un discours qui avait fait plusieurs allers-retours entre elle et moi ; je jugeais qu'elle se l'était un peu vite approprié. Une autre fois, elle massacra gratuitement un discours technique convenable que je lui avais envoyé pour relecture. Sous sa plume, ma version initiale avait été complètement réorganisée, et augmentée d'une somme de compléments qui me semblaient peu utiles. Au fur et à mesure des relectures, je vis avec contentement ses ajouts tomber les uns après les autres, et le texte retrouver sa structure initiale. Coup de grâce, les rares apports qui avaient résisté aux validations durent être supprimés : on était au-delà du nombre de signes imparti.

Mais c'était là des anecdotes que nous n'avons pas alimentées. Malgré la fatigue, le stress, la rivalité redoublée par le flou et les frottements de nos deux postes, que personne ne voulait arbitrer, Mélanie et moi, nous avons réussi à nous apprécier. Nous nous sommes même procuré, l'une à l'autre, un peu de cette humanité qui se faisait rare dans le contexte de la campagne.

Dois-je préciser qu'à En Marche, j'ai rencontré de la bienveillance, de l'indulgence, de la politesse camouflée en gentillesse, de louables intentions. Mais j'y ai très rarement trouvé de l'humanité pure. Et comme c'est une chose dont j'ai besoin à fortes doses, c'est sans doute cela aussi dont j'ai crevé.

Pourtant, au premier regard, Mélanie n'était pas distinguable des autres machines.

Le jour de mon « retour », qui suivait de quelques jours son arrivée, Quentin organisa une réunion afin de discuter de la façon dont nous allions travailler ensemble – ce fut la seule fois, du reste, où il accepta de prendre le rôle de médiateur dans notre relation.

Mélanie s'y montra raide, sèche, prête à faire valoir ses faits d'armes et à étendre son empire, comme j'imagine il est de coutume quand on rencontre ses collègues pour la première fois. J'étais telle que moi-même, ouverte, naïve, enthousiaste, assez peu accordée à l'endroit et à la situation.

Une telle attitude peut provoquer trois types de réaction. Soit la méfiance – *elle essaie de m'endormir, pour mieux me la faire à l'envers.* Soit l'agacement – *ce n'est pas possible, cette pauvre fille est demeurée.* Ou parfois, chez certains, le désarmement – *en fin de compte, ce n'est pas une compétition qui se joue ici, et tout cela n'est pas obligé de se finir par l'absorption de l'une par l'autre.*

Mélanie, après avoir lutté un peu, avait choisi d'être désarmée. Et moi, après avoir tergiversé un peu aussi, cela me faisait tellement de bien qu'on ne soit pas obligées de se livrer bataille que j'en rajoutais une couche dans la gentillesse et la coopération.

— Ah ben voilà, vous êtes devenues très potes, disait Quentin sans masquer son scepticisme, étant donné les circonstances.

Mélanie m'a fait du bien, et autant qu'elle, son bureau.

— Ils t'ont mise où ? lui demandai-je.

— Au quatrième. Viens travailler avec nous, on a de la place, et une bouilloire.

La découverte de ce bureau, qu'elle occupait avec Anousheh, Marc et Fanny, fut celle d'une planque sûre et douillette dans les entrailles d'une ville bombardée. C'était une pièce vaste, calme, lumineuse. Quand on fermait la porte, on pouvait s'isoler du bourdonnement de la ruche, oublier l'endroit et l'enjeu. Pas de conversations bruyantes, pas de passages incessants. Pas de Kinder Bueno, mais des crackers bios aux graines de courge.

Et surtout, pas de Quentin et David.

Pour les quatre-vingts salariés, et autant de bénévoles, du 99 rue de l'abbé Groult, accéder au sixième étage était le Graal. C'était le dernier étage, au plus près du ciel, celui du chef et de sa garde rapprochée. Moi qui y avais atterri directement, et dans le bureau le plus stratégique encore, celui où le programme était écrit, j'en gardais la sensation d'avoir été plongée dans une bassine d'huile bouillante.

Dans mon bureau du sixième, mon supplice était délicieux. Je regardais l'Histoire en train d'être écrite par des gens qui partageaient le câble d'alimentation de mon ordinateur. J'écoutais des discussions passionnantes, je m'émerveillais de l'intelligence et du pouvoir de mes collègues. Mais dans le même temps, tout cela me foudroyait : ce n'était pas ma place.

J'aimais observer la vie à l'intérieur de ce bureau, mais je ne pouvais plus supporter d'y être vue.

Et puis il était impossible de travailler dans ce bordel.

J'ai mille fois tenté de fuir ce bureau. D'abord en traînant le plus souvent possible avec la Riposte au quatrième, alors même que la Riposte ne rêvait que d'occuper mon siège. Cela choquait Quentin, qui avait passé les cinq dernières années dans un cabinet ministériel et était donc sensible aux enjeux de répartition géographique du pouvoir.

— Mais qu'est-ce que tu fous ? Tout le monde ne rêve que d'être à ta place, et toi non, tu te barres !

Quand Mélanie est arrivée, et qu'il a commencé à faire très chaud dans notre bureau, j'ai eu toutes les excuses pour descendre au quatrième, poser mon Mac sur un coin de table à côté d'elle.

Je n'y allais pas tout le temps, car on ne renonce pas si simplement à l'antre des dieux, même quand on s'y consume. Mais savoir que je pouvais y passer certains après-midi me fit un bien immense.

Du reste, on se marrait bien dans ce bureau du quatrième. La plupart des interviews à la presse spécialisée y étaient écrites, ce qui en faisait un haut lieu de l'humour absurde.

Il fallait voir Marc, conseiller maître à la Cour des comptes et ancien directeur financier de France Télévisions, remuant ciel et terre pour connaître la race des chiens de la famille du candidat, car la question nous était posée par *Central Canin Magazine.*

(Réponse : un dogue argentin, un croisé labrador/staff, un Shiba Inu.)

Je ne résiste pas au plaisir de citer les deux autres questions posées par *Centrale Canine Magazine* au futur président de la République :

*Quelle politique mettre en œuvre pour une meilleure intégration et gestion du chien dans la ville ?*

*La valeur patrimoniale des cinquante-quatre races françaises reconnues par la Fédération cytologique internationale vous paraît-elle importante à valoriser et à défendre* ?

Héloïse, du service presse, était venue nous rappeler à l'ordre : cela faisait des semaines que *Centrale Canine Magazine* était coincé à l'étape 2. On avait fait patienter les journalistes, mais la chose devenait scandaleuse. Le délai initial, c'était janvier.

Quand il s'agissait de mettre la pression, chaque membre du service presse avait ses propres raffinements. Chez Héloïse, c'était un tiers de menaces et deux tiers de larmes de désespoir qui tremblent dans les yeux. Cela fonctionnait plutôt bien sur Quentin – elle se plantait devant lui, presque contre lui, en battant des cils.

Mais sur Fanny, Mélanie et moi, c'était moins évident.

— Le problème, répondit Fanny, qui avait été expert au sein du groupe de travail Éducation avant de rejoindre le pôle Idées, c'est que je ne trouve pas grand-chose à répondre sur la valeur patrimoniale des cinquante-quatre races françaises reconnues par la Fédération cytologique internationale, pour ma part.

— Que dit le groupe de travail sur ce sujet ?

— Il n'y a pas de groupe de travail sur ce sujet. Il y a seulement la veuve de Michel Rocard, très engagée pour la cause animale, qui nous a transmis des éléments de réponse concernant la gestion des animaux domestiques dans la ville (éléments nous recommandant notamment de « réserver des coins spéciaux dans l'espace urbain pour que les chiens puissent uriner et déféquer »).

— Mais c'est pas mon problème, pleurnichait Héloïse. Je suis la presse, moi, je suis pas plume. Mon travail, ce n'est pas de répondre aux interviews, c'est de traiter les journalistes.

— Mon travail à moi ce n'est pas de parler de déjections canines, s'emportait Mélanie, toujours prompte à déceler un affront personnel dans les propos de son interlocuteur.

Marc, qui avait à cœur d'arrondir les angles, s'empressa d'intervenir :

— À la question « La valeur patrimoniale des cinquante-quatre races françaises reconnues par la Fédération cytologique internationale vous paraît-elle importante à valoriser et à défendre ? », je pense qu'on peut répondre : « Oui. »

Ainsi s'écoulaient nos journées, de la grande campagne à la petite, entre le souffle puissant de l'Histoire et le petit vent frais de l'anecdote.

Inutile de dire que la petite campagne me convenait mieux. À l'écrasante responsabilité de suggérer des mots au candidat, je préférais la besogneuse tâche consistant à donner aux artisans ou aux retraités des raisons de voter pour nous. Et tant pis si c'était moins noble, plus douteux politiquement.

J'allais donc écrire mes lettres ouvertes au quatrième étage, dans ce bureau joyeux où je me sentais un peu moins dépareillée. Là, je m'installais à la place de Marc quand il n'était pas là. Je croquais dans un cracker aux graines, je me faisais du thé. Je papotais avec Fanny, Mélanie et Anousheh. Nous maudissions Sandro et son obsession de la lettre ouverte au plus menu des publics. Nous nous amusions à comparer nos réponses, quand l'une écrivait aux agriculteurs tandis que l'autre écrivait aux environnementalistes.

Nous commentions le numéro de mars du *Chasseur français*. En page 2, la photo de notre candidat, pouces levés, sous le titre « Numéro spécial chasse à la bécasse ».

Derrière l'Histoire, il y a des ordinateurs qui se déchargent trop vite, mais le problème c'est qu'on a seulement un câble d'alimentation pour cinq Mac ; il te reste combien de batterie, je peux me brancher ?

Si on voulait retracer la généalogie des grandes décisions, il faudrait imaginer une fin de conversation fatiguée dans un bureau sale, et deux hommes qui finissent par tomber d'accord sur les modalités techniques. (« Ça te va ? » « Ça me va. » « Alors on fait comme ça. ») L'un d'eux se charge de rédiger la note pendant que l'autre va pisser. La note est courte, une phrase pour l'intention politique, deux paragraphes pour expliquer le dispositif, les freins, le coût. On l'envoie au secrétariat particulier, qui l'imprime et la glisse dans le dossier du chef. Le chef la lira sur le bord de son lit, vers 1 heure du matin, en dénouant sa cravate. La note est bien écrite. Ça vole. Feu. Nous avons une réforme de la formation professionnelle.

Voilà comment s'écrit l'Histoire.

Chacun de mes collègues était incroyable à sa façon.

Isma était héroïque et fulgurant.

Quentin était brillant et cultivé.

Valérie, Marielle, Sophie étaient courageuses et loyales, comme tant d'autres dans l'équipe.

Mais David… David, c'était autre chose.

Il symbolise à lui seul la violente décharge électrique de mes trois premiers jours à En Marche.

La première fois que je le vis, je crus rencontrer un jeune homme banal : cheveux clairs et yeux pâles, habillé sans façon, facile, sympa. Le jour de mon arrivée au QG, nous avions déjeuné avec lui et Quentin dans un restaurant libanais, près de Vaugirard. Je ne me rappelle plus notre conversation, parce que j'étais occupée à débrouiller les mille informations délivrées dans la matinée. Je confondais Denis avec Didier et ne comprenais pas ce que faisait Denis au juste ni quel était le rôle de Didier par rapport à Jean. Le candidat prononcerait deux discours à Toulon dans une semaine, mais allais-je les écrire ? Sur quoi porteraient-ils ? Qui allait me le dire ? J'espérais avoir rapidement des indications.

Pendant ce déjeuner, je détachais de minuscules bouts de pain pita, sans toucher au taboulé. Il fallait manger peu.

Je n'avais pas du tout remarqué David. Aucun signalement particulier. Il y a chez lui quelque chose de délavé. Il n'est pas beau garçon comme Quentin. Il n'a pas le charisme d'Ismaël, il ne s'imprime pas dans votre rétine immédiatement.

Pourtant, de toutes les personnes brillantes que j'ai croisées à En Marche, David était, assurément, le plus intelligent. Je pense que le programme d'EM lui doit plus qu'à aucun autre, plus qu'à Alexis, plus qu'à Jean.

Il ne fallut pas trois jours pour que je me rende à l'évidence : David était un génie. Violence. J'avais cru avoir affaire à une personne comme moi, en plus intelligente, alors que j'étais face à un génie.

Voilà l'origine de ma méprise à En Marche : je pensais vivre une aventure plus intense et plus difficile que celles que j'avais vécues jusqu'alors, et je me trompais. Ce n'était pas une différence de degré, c'était une différence de nature.

Donc David était un génie et, pour ma part, je n'en avais jamais rencontré auparavant. Je ne sais pas comment je me les représentais, peut-être un crâne plus large, peut-être un teint plus gris.

Pour le reste, il en avait tous les symptômes.

De la fameuse « garde rapprochée » du candidat, c'est son nom qui apparaissait le moins dans les journaux. Pourtant, il était le bras droit de Jean pour bâtir le programme économique.

Il faut se figurer David sur tous les fronts, jonglant entre les taux d'imposition, les fluctuations du déficit, la grande réforme des retraites et le grand plan d'investissement, les écoles, les hôpitaux, Pôle Emploi et la crise du logement ; parce que sur tous les sujets, pour peu qu'on l'ait un peu briefé avant, il était capable d'imaginer, de façonner, d'éprouver et d'améliorer les dispositifs les plus sophistiqués, et de restituer dans une note fluide les raisonnements les plus ardus.

Voilà David.

Il n'était pas seulement économiste. Il était aussi historien. À l'École normale supérieure, il avait suivi ces deux formations. Sa culture était encyclopédique. Je devinais un amoureux des belles lettres (son roman préféré était *Les Mémoires d'Hadrien* de Yourcenar, qui était aussi celui de Quentin).

Comment s'était-il retrouvé conseiller macroéconomie à Bercy ? Pourquoi, finalement, avait-il choisi cette voie ? J'attrapais au vol les bribes d'informations qu'il laissait échapper parfois.

— Je n'ai aucune idée de ce que je ferai l'année prochaine, me dit-il alors que nous parlions de l'Élysée. Il n'y a pas si longtemps, je pensais que je serais chercheur en histoire.

Columbia lui offrait une bourse pour poursuivre sa thèse en macroéconomie.

Du fait de cette culture ample et de son esprit intransigeant, ce que disait David était toujours personnel et intelligent. Jamais je ne l'ai trouvé en deçà de lui-même. Sur toute chose, qu'elle soit technique, politique, philosophique, esthétique, il portait un regard qui lui était propre. Jamais il n'empruntait les idées des autres. Je le dis d'autant mieux que je partageais rarement son avis.

Politiquement, c'était un hussard. Libéral comme il convient en matière d'économie, il était en revanche très attaché à la souveraineté de l'État. David était extraordinairement républicain. À ses yeux, les corps intermédiaires étaient des lobbies néfastes – ou des sortes de cafards, je suppose – et les particularismes culturels autant de foyers d'incendie.

Il se désespérait du manque d'estomac de son candidat sur ces questions. La fameuse phrase « Il n'y a pas de culture française, il y a des cultures en France », prononcée au détour d'un discours-fleuve à Lyon, il fut le premier à la relever et elle le désola. « Je pourrais démissionner pour cela », avait-il dit. Il le disait souvent (Quentin aussi).

La préparation de l'intervention en Corse lui donna des sueurs froides. Connaissant la propension du candidat à aller dans le sens du vent local, il craignait que le discours ne soit teinté d'accents nationalistes. D'autant plus que je l'écrivais avec l'aide d'un conseiller amoureux de l'île, qui avait réussi à décrocher la ratification de la Charte européenne des langues régionales au détour d'une interview à *Corsica Matin*. Cette annonce avait hérissé David, pour qui il n'y avait qu'une langue en France, et c'était le français.

Pourtant, les informations que me communiqua l'intéressé furent impeccables, et notre discours ne souffrit d'aucune ambiguïté clientéliste – ce que je compensai par une longue tirade sur la beauté de l'île, son âme sauvage et son rayonnement à travers toute la Méditerranée.

Malgré tout, David n'était pas serein. (« Je ne veux même pas savoir » ; « Je crains le pire » ; « Je ne veux même pas lire. »)

Lui et moi, c'est peu dire que nous n'avions pas le même logiciel. Il considérait les hommes et femmes de la deuxième gauche comme de doux naïfs, des résignés, des mous. Cela ne manquait pas de m'énerver. Le pragmatisme de la deuxième gauche n'est pas le signe de sa modération, mais celui de sa détermination à atteindre réellement ses objectifs. Qui sont, quand on y pense, plus radicaux que bien d'autres : prendre le pouvoir en haut, pour le donner à ceux qui agissent sur le terrain. Je bredouillais ces arguments sans assurance, quand ils se bousculaient avec rage dans mon esprit.

David avait compris que, sur certains sujets, je démarrais au quart de tour, et que je mettais beaucoup de temps à réaliser qu'on se moquait de moi. Aussi, il m'asticotait. Plus d'une fois, il m'affirma avec grand sérieux des phrases du genre :

— Ça y est, le chef a décidé de faire du référendum en entreprise une alternative à la négociation.

— Mais non.

— Ben si. Trop de blocages.

— Mais non.

— Comprends. Il fallait frapper un grand coup. Aller plus loin que la loi Travail. Politiquement, c'était la seule chose à faire.

Ses yeux très minces, sans couleur, ne cillaient pas. Alors j'explosais :

— Non, mais c'est n'importe quoi, c'est nul, j'ai honte, on fait une erreur, c'est…

— Marie. Marie. Il te fait marcher, disait Quentin.

Contrairement à bien d'autres, David était ancré. Sa culture n'avait rien de superficiel, elle n'était pas le simple apparat d'une bonne éducation. Dans son histoire familiale, il trouvait une épaisseur, des fondations. Je la devinais à certaines allusions. Une histoire à travers l'Europe, d'immigration et d'intégration. Il y avait un grand-père, dont il parlait souvent (ce grand-père l'avait engueulé une demi-heure au téléphone quand EM avait parlé de la colonisation comme d'un crime contre l'humanité).

David connaissait tous les hymnes révolutionnaires. Quand il chantait *L'Internationale*, il était capable de dire ce qu'il se passait avant la lutte finale, et ce qu'il se passait après.

*Debout, les damnés de la terre*
*Debout, les forçats de la fin*
*La raison tonne en son cratère*
*C'est l'éruption de la faim !*

Comme je le mettais au défi, il me l'avait chanté un soir, en se balançant sur son fauteuil à roulettes, après avoir lancé une commande de sushis. C'est son grand-père qui lui avait appris les paroles, quand il était petit.

Après... l'histoire de David est quand même celle d'un génie, qui grandit dans un riche arrondissement de Paris, passe son bac à quinze ans, et comprend très vite que le monde dans toute sa hauteur, sa largeur et sa profondeur, est intégralement à sa portée.

Aussi dois-je préciser que David n'avait que vingt-quatre ans.

Qu'est-ce que cela provoque chez un homme, de réaliser autant de grandes choses si vite, d'avoir des responsabilités vertigineuses si jeune ?

Cela provoque un ego parfaitement ordonné. David n'était ni vaniteux ni suffisant. Il n'avait rien à prouver, aucune raison de se mettre en avant ni de parler plus fort que les autres. Pour autant il ne doutait pas de sa valeur, et ce n'est pas quelqu'un qu'on pouvait qualifier de gentil.

Cela provoque aussi de l'impatience, de l'agacement. David bouillonnait. Je l'ai dit, il n'était jamais au repos, quand son talon ne martelait pas le sol alors sa main pianotait sur sa cuisse, puis brusquement, il se levait et faisait les cent pas dans le bureau.

Il y avait chez lui quelque chose d'abrupt et de réfréné, que j'interprétais comme une exaspération fondamentale lissée par des manières courtoises. C'était, je pense, l'exaspération d'une existence passée à aller plus vite que les autres, donc à être toujours ralenti. Un peu comme vivre sa vie derrière une vieille dame campée sur les marches d'un escalator : c'est insupportable, c'est frustrant, mais on ne va pas lui casser les genoux pour autant.

En outre, il était très stressé. Il n'abordait pas les grandes échéances avec l'effarant détachement de Quentin. De façon savoureuse, il ne s'inquiétait jamais pour la qualité de son travail, mais pour celle des prestations du candidat. Avant chaque débat télévisé, avant chaque grande émission, il était blanc.

Le soir de l'émission politique sur France 2, j'ai regardé l'intervention du candidat dans ses yeux. Nous étions réunis devant la télé du sixième étage, avec des bières et trop de chips, trop de bonbons Haribo. L'événement était retransmis au même moment dans un bar sur les grands boulevards. Quatre cents bénévoles et membres d'En Marche y avaient été conviés pour assister à la performance de leur champion. Quentin en était. David, lui, redoutait l'ambiance « match de foot ». Il voulait pouvoir suivre attentivement l'émission, sans hurlements de supporters avinés dans les oreilles. Il était donc resté la regarder au QG. Jean aussi, pour les mêmes raisons, ainsi que Jean-Marie, Fanny, Mélanie, moi et quelques autres.

Tout au long de la soirée, je regardai David. Pendant l'énoncé d'une question délicate, son poing se serrait. Comme le candidat faisait de grandes circonvolutions pour répondre, il était prêt à bondir. Puis quand, piqué au vif, EM enfin se révélait percutant, ses épaules se relâchaient, et quelque chose comme de la satisfaction, pas trop d'enthousiasme non plus, détendait les traits de son visage.

La même scène provoquait des réactions plus bruyantes de part et d'autre du canapé (« Bien envoyé ! » ; « Prends ça, Ruffin ! » ; « Prends ça Salamé ! »). Mais seule l'imperceptible détente de David venait confirmer mon impression : EM s'était bien sorti de la question. D'ailleurs, il s'était bien sorti de l'émission. Plus grand-chose désormais ne barrait sa route vers le second tour.

Jean en avait conscience, dans le Uber que nous partageâmes ce soir-là pour rentrer. Comme souvent, il faisait défiler l'écran de sa tablette, évitant de me parler. Comme souvent, j'étais inclinée contre la vitre et je pleurais discrètement.

— Et toi, ça va ? me demanda-t-il finalement.

— Non. Je crois que je vais arrêter. C'est la santé. Je n'en peux plus.

J'ai annoncé ma décision à Jean-Marie le lendemain.

J'ai vu David mener deux combats : le premier concernait la taxe d'habitation, et le second, les poules.

La taxe d'habitation fut un feuilleton à rebondissements. David plaidait pour une suppression totale : il avait des arguments. La mesure cochait la case pouvoir d'achat, ainsi que la case justice sociale et territoriale – car cette taxe est souvent plus élevée dans les communes pauvres, et pèse relativement plus dans le revenu des ménages modestes. Enfin, elle avait indéniablement un effet waouh ; les Français se réjouissent toujours de la disparition d'un impôt. Mais EM, qui ne voulait pas s'attirer les foudres des élus locaux, tergiversa longtemps. Je crois me souvenir qu'Alexis n'y était pas favorable.

Le fait est que la décision connut de nombreux revirements. On se mettait enfin d'accord sur la suppression ; mais après consultation du comité stratégique, tout était à reprendre. À mesure que la liste de nos soutiens politiques s'allongeait, de plus en plus de personnes avaient un droit de regard sur les propositions du programme. Je voyais les marges de manœuvre de mes collègues se réduire, et leurs soupirs se prolonger devant le nombre d'avis à solliciter, les dizaines de modifications à prendre en compte.

David mit tout son talent à défendre la suppression. Il disait mener ce combat en l'honneur de Laurent M., son expert préféré, qui, à la tête du groupe Fiscalité, avait avalé tant de couleuvres, honoré tant de commandes absurdes et vu contre-arbitrer tant de propositions géniales, et qui malgré tout restait debout, fidèle, jour et nuit mobilisable depuis sa sous-direction de Bercy.

In extremis, David obtint une victoire aux trois quarts – l'exonération de la taxe d'habitation pour 80 % des ménages – et quelques ennuis avec les maires de France dont il se moqua pas mal.

Les poules furent un épisode plus singulier.

On calait sur le programme Environnement. Rien de vraiment waouh et certainement rien de disruptif ne sortait des travaux du groupe d'experts. Leurs propositions étaient peu ou prou le mou prolongement des mous engagements du quinquennat Hollande. Pas d'arêtes, pas de mesures saillantes à mettre en avant.

Le pôle Idées allait reprendre la main, mais personne dans l'équipe n'avait l'âme verte. Le candidat non plus, évidemment. Or c'était l'époque où Benoît Hamon bénéficiait encore de l'élan des primaires : nous devions absolument le concurrencer sur ce terrain.

Sans grande surprise, Ismaël décréta que nous allions faire descendre l'écologie dans le quotidien des gens. Il voulait des mesures concrètes, qui améliorent la vie de tous les jours. Plus de produits bios dans les cantines scolaires, par exemple.

J'avais pour ma part murmuré une façon un peu différente d'aborder le sujet, sous l'angle de la justice sociale. La transition écologique – comme la transition numérique, comme la mondialisation – fait spontanément des gagnants, parmi les plus riches, et des perdants, parmi les plus pauvres. Le perdant, c'est l'ouvrier de Fessenheim sur le point de perdre son emploi, l'habitant d'une commune rurale contraint d'utiliser son vieux véhicule diesel pour se déplacer, ou le ménage modeste qui ne parvient pas à chauffer sa maison.

Aussi, je pensais que notre discours sur l'écologie pouvait se présenter ainsi :

1/ Cette transition était indispensable.

2/ Nous allions donc prendre des mesures fortes pour l'accompagner (diminuer la part du nucléaire ; mettre fin à l'avantage fiscal en faveur du diesel ; rénover les logements qui sont des passoires thermiques).

3/ Mais chacune de ces mesures ferait l'objet d'une compensation pour les plus modestes, afin que la transition écologique ne creuse pas la fracture entre les gagnants et les perdants. Ces mesures, ce serait plus de formation pour les personnes qui risquent de perdre leur emploi, afin qu'elles puissent se reconvertir dans de nouveaux métiers ; une prime pour acheter un véhicule moins polluant ; un soutien financier pour entreprendre des travaux d'isolement.

Sans surprise, l'équipe n'a pas choisi de raconter les choses ainsi. C'est l'écologie du quotidien qui a été retenue comme fil rouge du discours du candidat.

Dans cette veine, il y eut la mesure « poule ». Ou plus précisément, la promesse d'interdire la vente d'œufs de poules issues d'élevage en batterie en 2022.

Je ne sais d'où venait l'idée. David, peut-être, en était à l'origine. Quoi qu'il en soit, il se l'appropria et, très vite, elle devint sa grande affaire. Entre une réforme du marché du travail et une réforme des régimes de retraite, David en revenait toujours aux poules. Il ne les lâchait pas. Il en parlait sans cesse. Améliorer la qualité de vie de ces gallinacés était devenu le sel de ses journées.

Le sujet titillait une réflexion philosophique, qu'il gardait dans un coin de sa tête pour des temps moins encombrés, sur les multiples parallèles entre la condition humaine et la condition animale. Une brève conversation du soir m'avait horrifiée : David, sans avoir vraiment malaxé l'idée encore, penchait du côté de l'antispécisme. Je m'étais embrouillée dans mes arguments et, en désespoir de cause, avais fini par affirmer que la mort d'un enfant me peinerait toujours plus que celle d'un chaton, et que j'espérais qu'il en était de même pour lui.

Pour en revenir aux poules, la légèreté avec laquelle nous déclarions la mort en cinq ans d'une filière pourvoyeuse d'emplois ne manquait pas de m'inquiéter. Sans tendresse particulière pour l'élevage en batterie, j'essayais malgré tout de faire valoir la condition des éleveurs, ces hommes et ces femmes qui dépendaient de leur production pour nourrir leur famille, et avaient consenti à de lourds investissements pour mettre leur exploitation en conformité avec les normes européennes. Avions-nous prévu des mesures de compensation ? Comment allions-nous les accompagner ?

Comme à chaque fois, David considéra mes propos comme du babillage et embraya sur le sort de ces pauvres poules contraintes de vivre dans la surface d'une feuille A4, ce qui, semblait-il, avait pour conséquence de les rendre aveugles.

Entendons-nous bien : je suis favorable à la fin de ce type d'agriculture intensive, qui génère de la souffrance animale autant qu'une alimentation de mauvaise qualité. Mais pas sans en avoir étudié toutes les conséquences, et pas avant d'avoir trouvé une solution pour les personnes qui en dépendent encore. La transition écologique doit être un chemin, pas une rupture brutale.

Richard, que son implantation électorale rendait attentif aux états d'âme du lobby paysan, faisait moins de nuance : l'écologie, ça commençait à bien faire. Ces histoires de poule n'étaient qu'une lubie de bobo parisien. Il piqua une franche colère devant ce jeune techno qui prenait des décisions sur l'avenir de la filière sans jamais avoir visité un hangar agricole. Il ne faudrait pas s'étonner si le candidat se prenait un œuf sur la tête au Salon de l'agriculture, conclut-il sa tirade.

La mesure vit le jour, et le candidat se prit un œuf sur la tête au Salon de l'agriculture.

Que retenir de cette histoire ? Qu'il était touchant, ce génie, heureux d'écrire un chapitre de l'histoire de la libération des poules ? Qu'il était courageux, en allant à l'encontre des lobbies et des conservatismes qui auraient ralenti une décision pourtant nécessaire ?

Qu'il était flippant, en ne faisant aucun cas des personnes autour ?

Peut-être faut-il en conclure que David avait vingt-quatre ans.

Je ne doute pas que la France se penchera un jour sur le cas de David. Comme son patron avant lui, il fera l'objet de portraits dans la presse. Ce n'est qu'une question de temps avant que celle-ci ne se pique d'intérêt pour ce phénomène à peine sorti de l'adolescence, capable de tout faire avec talent.

Le problème est que David a tendance à ne pas se mettre en avant.

Je pense qu'il est déjà ailleurs. Intranquille, impatient, il se lassera vite, s'il n'est déjà lassé. Il verra l'Élysée de l'intérieur. Mais tous ces obstacles qui se dresseront contre la pureté de ses réformes – ces syndicats, ces groupes d'intérêts, ces citoyens –, il n'aura pas la patience. Ce n'est pas l'homme du progrès que l'on construit en concertant, pas à pas, à bas bruit.

Je donnerais cher pour savoir où on le retrouvera dans dix ans. Peut-être dans la musique, peut-être dans le journalisme ou la littérature. J'attends de voir, mais je suis certaine que ce sera étincelant

J'ai quitté le navire quelques jours seulement avant le premier tour.

C'était écrit depuis le début. Je crois que je n'ai jamais réussi à me remettre de la désorientation des premiers jours. Dans cette aventure, je ne suis pas partie droit. Ensuite, je n'ai rien pu redresser.

L'âpreté de mes débuts à En Marche m'a d'autant plus déstabilisée qu'elle tranchait avec mon expérience précédente. À la CFDT, tout avait été, de bout en bout, évident.

Certes, j'avais été bousculée au départ, comme le sont tous les jeunes actifs encore enduits de la peinture fraîche de leurs études. Je me rappelle avoir eu le sentiment de ne pas être comprise par mes collègues syndicalistes, parce que ma langue était trop abstraite pour rencontrer leurs préoccupations.

L'imprécision de leurs propos, le manque de rigueur de leurs analyses m'avaient exaspérée plus d'une fois. Puis j'avais fini par m'imprégner de leur jargon militant, au point de le parler et de l'écrire, ce qui ne manquait pas de me désoler du reste.

J'avais surtout été traversée par l'identité puissante de cette organisation, forgée par des décennies de luttes et par des milliers d'hommes et de femmes issus de tous les métiers et de tous les territoires. J'avais trouvé ma maison.

J'étais arrivée à la CFDT sur une intuition : elle était peut-être l'unique représentante de la gauche dans laquelle je me reconnaissais, et que j'avais vainement cherchée dans le monde politique. Une gauche populaire, mais jamais populiste. Une gauche consciente des contraintes du monde, mais intransigeante sur les valeurs, et radicale dans sa volonté de changer la société. Une gauche courageuse, surtout, pour laquelle de belles idées ne valent que si elles débouchent sur des avancées réelles.

Comme je ne trouvais pas cette gauche dans le monde politique, c'est dans le monde syndical que je m'étais décidée à la chercher. Pourtant, je ne connaissais rien au syndicalisme. Comme beaucoup, j'en avais plutôt une image négative, celle de corporations recroquevillées sur la défense de leurs intérêts, refusant par principe tout changement. Un jour, cependant, j'avais entendu le secrétaire général de la CFDT à la radio. Quand il avait parlé d'intérêt général, de transition écologique, j'avais tendu l'oreille.

Cette intuition initiale fut confirmée au-delà de mes espérances.

Je suis restée presque trois ans à la CFDT et j'ai aimé tout ce que j'y ai vu. Certes, il m'est arrivé d'avoir des divergences avec les positions prises, notamment parce que ma vision de l'économie était plus libérale que la ligne confédérale. Mais pendant ces presque trois ans, le sentiment que j'ai le plus souvent ressenti, c'est la fierté. Fierté d'appartenir à un syndicat avant-gardiste, responsable, respecté. Fierté de militer dans une organisation qui était le dernier pôle de stabilité dans un monde social et politique en voie de désintégration. Fierté de travailler pour un homme courageux, profondément humain.

Cette fierté était un socle autour duquel je pouvais construire, un support important à mon identité. Cela ne changera pas, je serai toujours de la CFDT. À chaque fois qu'on l'attaquera, je serai blessée. À chaque fois qu'elle obtiendra des victoires, ou fera entendre sa voix dans le chaos du monde, je serai fière. Je me souviendrai toujours de ce que j'y ai appris.

J'y ai appris quelque chose que ni mes études ni mon histoire familiale – un père plutôt marginal, une mère assez isolée – ne m'avaient enseigné : la force du collectif. Ou comment agir avec les autres permet de s'émanciper.

Longtemps, j'ai pensé que le groupe allait à l'encontre de la liberté, parce qu'il enserre l'individu dans un carcan de lignes de conduite et d'idées prêtes à penser. Aujourd'hui, je suis convaincue qu'il n'y a que les plus forts qui peuvent être libres seuls. Les autres, les modestes, qui partent avec moins de chances dans la vie, ceux-là auront besoin du collectif pour s'affranchir et développer leurs potentialités.

Qu'est-ce que le syndicalisme, sinon l'histoire d'hommes et des femmes qui prennent conscience de leur condition, se rassemblent et font corps pour se défendre et s'en libérer, sans attendre qu'on les libère ?

Le syndicalisme exerce la conscience comme un muscle. D'abord, on s'y engage pour défendre ses intérêts particuliers et immédiats. Petit à petit, on voit le monde se dessiner autour. Les intérêts des autres, parfois contradictoires, parfois convergents. Les intérêts de long terme, toujours exigeants. L'intérêt général, enfin. Et on apprend, on comprend, la mécanique complexe – économique, sociale, politique – du monde tel qu'il est. Alors on distingue ce qui est possible de ce qui ne l'est pas. On trouve des voies de passage pour faire avancer ses idées. Les divergences à concilier, les concessions à faire, on apprend à les accepter : parce qu'on sait que sur les valeurs, sur l'essentiel, on ne transigera jamais.

Mon expérience à la CFDT a décentré mon regard. À rebours du romantisme républicain hérité de mes années à Sciences Po, j'ai découvert que l'État n'était pas l'unique instrument de protection des faibles contre les forts. J'ai vu les « faibles » s'organiser pour se défendre eux-mêmes, et y trouver du sens et de la dignité. Je les ai vus le faire en empruntant d'autres chemins que ceux, démagogiques et contestataires, proposés par l'extrême gauche. Je les ai vus obtenir des résultats concrets.

J'ai tout de suite aimé, à la CFDT, cette lucidité – ce pragmatisme, que beaucoup confondent avec de la modération, qui est pourtant au service d'une ambition radicale : faire advenir la démocratie dans l'entreprise. Revendiquer pour les salariés, non seulement de bonnes conditions de travail et un bon salaire, mais plus encore le droit de s'approprier leur travail, en participant à toutes les décisions qui concernent leur entreprise. Ne pas laisser l'entreprise aux patrons.

C'est que la CFDT ne croit pas à la hiérarchie naturelle entre les hommes. Elle refuse qu'il y ait éternellement des dirigeants et des dirigés. Elle sait que par l'éducation populaire, par la formation, par l'engagement au sein d'un collectif, chacun peut devenir acteur de son émancipation.

Aujourd'hui encore, quelles autres organisations offrent l'opportunité à des personnes sans diplôme ou aux origines modestes de monter en responsabilités ? Les partis politiques ne permettent plus cette ascension sociale. Combien d'ouvriers à l'Assemblée nationale ? Combien d'enfants d'ouvriers à la direction de grandes entreprises ?

À la Confédération, les responsables ont fait un lycée technique agricole, ou bien ils ont été tourneurs-fraiseurs sur les hauts fourneaux de Moselle. Certains secrétaires confédéraux ont été recrutés pour leur expertise, juridique ou économique. Mais la plupart sont là en raison de leur parcours militant. Tout ce beau monde travaille ensemble ; les militants ont fini par devenir des experts, et les experts sont devenus des militants.

Moi qui ne suis ni techno ni militante à l'origine, issue d'un milieu plutôt modeste mais formée dans une grande école, je me sentais à ma place dans cette maison qui savait si bien réussir l'alchimie entre différents profils et différents milieux sociaux.

J'ai quitté la CFDT sur une intuition. Celle que peut-être, cette gauche que j'aimais et que je n'avais rencontrée nulle part ailleurs était en train de trouver un débouché politique.

J'ai réellement cru qu'Emmanuel Macron allait reprendre le fil de cette ambition d'émancipation, et qu'il allait réussir, en France, enfin, à porter un projet de libération économique et d'autonomie des individus.

— J'y vais parce que Macron, c'est Rocard, avais-je dit hardiment à Laurent.

— Ce n'est pas Rocard. Tu ne peux pas dire cela. Ce n'est pas Rocard, m'avait-il répondu avec dureté.

En vérité, je savais qu'il avait raison. J'ai toujours su qu'Emmanuel Macron ignorait cette dimension, chère à Michel Rocard : celle du collectif, justement. Macron pensait le rôle de l'État. Macron voulait la liberté des individus. Mais il ne comprenait pas que les corps intermédiaires sont précisément les instruments de cette liberté, de cette « mise en capacité » des plus fragiles, et qu'ils sont la condition de la démocratie.

Mais c'était normal. Jamais il n'avait eu à s'émanciper de sa condition sociale. C'était normal qu'il ignore ce qu'est le militantisme et ce qu'il rend possible.

Aussi je me disais que si tout cela était absent des discours et de la sensibilité du candidat, ce n'était pas pour autant incompatible avec son projet, bien au contraire. Et que peut-être, j'allais pouvoir faire entendre cette voix-là au sein de son équipe. J'étais bien naïve...

Quand le candidat déclara que les syndicats ne concouraient pas à l'intérêt général – j'étais à En Marche depuis bientôt deux mois –, cela me blessa, bien sûr, mais je ressentis surtout du mépris pour cet homme. Quelle étroitesse, quelle ignorance que de rétrécir ainsi l'intérêt général à une déclaration unilatérale de l'État. Moi, je savais, parce que j'en avais fait l'expérience : l'intérêt général est une construction collective, la conciliation toujours fragile et exigeante d'intérêts multiples, pour laquelle de nombreux acteurs s'engagent, se battent et prennent des risques.

Je m'étais donc autorisée à envoyer un mail à l'équipe, dans lequel j'affirmais que cette déclaration était un coup dur porté aux seuls syndicats réformistes. Par cette affirmation, il les renvoyait dos à dos avec des organisations corporatistes, ce qu'ils n'étaient pas. Il ignorait les responsabilités prises à de nombreux moments de leur histoire, au nom de l'intérêt général justement, et bien souvent au prix de douloureuses crises internes. Je disais qu'il était important que le candidat amende son propos, car c'était à mon sens indispensable pour renouer le dialogue avec la CFDT. Je terminais mon mail ainsi : « Les syndicats réformistes sont responsables, ils sont pragmatiques, mais ils savent pourquoi ils se battent. »

J'ai quitté la CFDT crânement, parce que j'étais confiante, parce que j'étais pressée, parce que je pensais pouvoir enjamber cette chance inestimable d'avoir trouvé une communauté de pensées, et la traiter avec moins d'égard qu'une compagne aimante que l'on quitte sur un coup de tête pour s'enticher d'une bimbo tout juste rencontrée.

Je me souviens des échanges tendus avec Laurent, dans son bureau, après que je lui ai annoncé ma décision. Je revois son visage fermé, son incompréhension, sa déception, j'entends encore cette phrase qu'il m'avait dite : « Ces gens-là, ils ne sont pas comme toi, Marie. »

Et plus tard, quand nos rapports s'étaient apaisés et qu'il avait fini par ne plus m'en vouloir : « Ne deviens pas comme eux, Marie. »

Quand je repense à l'homogénéité sociale qui régnait à En Marche, je me dis qu'elle était garante de l'efficacité de la campagne. La ligne pure des messages, des images, de la stratégie, découlait de la parfaite ressemblance entre ces jeunes hommes qui était aux commandes. Ils se comprenaient, ils regardaient dans la même direction ; ensemble, ils travaillaient vite et bien.

Introduire des éléments différents, tels que moi, aurait pu ralentir la machine, voire la faire dérailler. On n'a pas de temps à perdre ni de risque à prendre quand on doit gagner une élection présidentielle.

Pourtant, je pense que l'endogamie au sein de l'état-major du mouvement le conduira à sa perte. Comme la terre agricole, la monoculture appauvrira son sol et la rendra vulnérable aux aléas, aux crises, au temps qui passe.

La vérité c'est qu'En Marche n'est ancré dans rien. En Marche n'enfouit ses racines nulle part. Ces hommes si brillants, ces guerriers, ils sont acérés comme des lames, mais pas beaucoup plus épais. Ils n'ont pas d'armée derrière eux, ils n'ont pas d'histoire ; le but de leur combat, ils l'ont déjà atteint.

Au moment où Macron triomphe, je n'ai jamais été autant convaincue de sa fragilité.

La campagne se poursuit sans moi.

Mais elle clignote dans chacune de mes journées. C'est cette affiche devant laquelle je passe pour aller à la salle de sport ; le candidat a des dollars dans les yeux et le mot Rothschild barre son front. C'est cette newsletter quotidienne dans ma boîte mail, qui m'invite à rester mobilisée, à ne rien lâcher, afin que par mon vote je fasse triompher les vrais patriotes contre les dangereux nationalistes et advenir l'alternance véritable dont notre pays a besoin. Tous ces messages me semblent creux.

C'est bien sûr le bruit incessant d'Internet, de la radio, de la télé, des bribes de conversations saisies dans la rue. Chacun trouvant que cette campagne est décidément extraordinaire. Chacun imaginant que la suite ne ressemblera à rien de connu.

Je continue à aller consulter les articles, même si je ne devrais pas. J'essaie de deviner, dans les flottements et la multiplication des erreurs post-premier tour, les signes de la fatigue de mon équipe, causée par la charge de travail supplémentaire qui leur incombe depuis mon abandon.

Je revois le couloir et l'enfilade de portes rouges qui s'ouvrent et se ferment sur leur passage. Je traîne autour du canapé, du balcon. Je passe une tête dans le bureau de Marielle et de Valérie, je vois leurs yeux cernés, j'entends presque la conversation qu'elles échangent à voix basse.

Dimanche 23 avril, j'ai passé deux heures le nez contre ma tablette, à tenter de deviner, sur les images filmées par BFM, le visage de mes collègues fêtant la victoire derrière les vitres de la Rotonde.

Ce n'est pas seulement la désillusion politique qui a précipité mon abandon, quinze jours avant le premier tour de l'élection présidentielle. Ce ne sont pas non plus uniquement mes origines modestes ni mes manières de petite plouc, qui dépareillaient avec les leurs. Ce qui a rendu cette expérience intolérable, m'obligeant à y mettre un terme, c'est ma fragilité psychique.

Qu'est-ce que la fragilité ? Quelque chose que l'on passe sa vie à envelopper dans des pulls, ou des cottes de mailles. Pas tant par peur de se fêler, mais par peur d'être vu nu, tel que l'on est. Parce que c'est l'ultime tabou, la tare qu'il faut surtout toujours dissimuler. Il n'y a pas de place pour la souffrance psychique ailleurs que dans les marges. Je le savais. Je pensais que j'arriverais à donner le change – je l'ai souvent donné. J'avais parfaitement conscience de ma fragilité, mais je n'étais pas certaine des bornes qu'elle me fixait.

Qu'est-ce que les limites ? Quelque chose que l'on est condamné à chercher à tâtons, en se cognant contre les murs. Les gens qui cherchent leurs limites seront tôt ou tard couverts de bleus. Moi, j'ai cherché. Avec la conscience précoce qu'elles existaient, et que je n'étais pas immortelle. Avec l'expérience, aussi, de les avoir maintes fois repoussées. Avec l'envie, toujours, d'aller voir plus loin, et de faire de grandes choses, peut-être pour donner du sens à toutes ces souffrances que je vis sans raison depuis vingt ans.

Je me suis lancée dans cette expérience mue par l'orgueil et la volonté de réaliser de grandes choses. Elle m'apprendra, je l'espère, à vivre pleinement les petites choses.

J'aime encore plus mes amis maintenant que je les retrouve, drôles, touchants, maladroits, imparfaits, prêts à me prendre dans leurs bras, prêts à me faire rire pour que j'oublie ma tristesse, prêts à se foutre de mon échec, décidés à continuer à m'aimer. Je les aime, tellement, parce qu'ils ne sont pas des guerriers.

J'aime encore plus Manuel tel que je le découvre, courageux, solide et droit, aimant de bout en bout, présent même quand je l'ai repoussé. Manuel, ma corde de rappel avec la réalité, avec la possibilité de se projeter dans l'avenir, d'être heureux : je l'aime, tellement, parce que c'est un chevalier.

Je vais devoir apprendre à m'aimer moi, telle que je suis, instable et imparfaite, mais avec de la valeur malgré tout. Je ne réaliserai pas de grandes choses, mais ce sera très bien quand même.

Plusieurs jours après mon abandon, je restai frappée de stupeur. Abrutie de médicaments, il m'arrivait de ne pas pouvoir sortir de mon lit. Je passais des journées entières sur le dos, à ouvrir machinalement des pages Internet sur mon ordinateur, à regarder le ciel changer de couleur par la fenêtre. Je recherchais un état perpétuel de semi-conscience, car une pensée sèche et nette sur ce que j'avais fait m'aurait lardé le corps d'épines. J'aurais voulu m'annuler.

Pourtant, mon tatouage restait une perspective heureuse. Le rendez-vous, pris six mois plus tôt, avait dû être repoussé ; début mars, le jour convenu, j'avais fait une poussée d'urticaire – causée par une crise de boulimie particulièrement violente.

Le jour du second rendez-vous, je me rendis donc au salon. J'étais hagarde. Le tatoueur comprit que quelque chose n'allait pas en me voyant fondre en larmes devant le carton à dessin qu'il me tendait. À partir des quelques indications que je lui avais livrées dans un mail, il avait imaginé la péniche, la maison, la montgolfière et les monstres qui composaient le paysage mental de mon enfance. Il y avait aussi des poissons volants.

En découvrant ce dessin j'étais heureuse, pour la première fois depuis longtemps. Mais j'avais l'air épouvantable.

— Mais c'est pas possible, qu'est-ce qui t'est arrivé ? me demanda le tatoueur.

En quelques phrases, je lui racontai. Alors il s'employa à me changer les idées. Musique à fond dans le salon – du gros rap qui tache –, il se mit à chanter et danser. Il me raconta des histoires. Trois heures durant, il grava de jolies formes délicates sur mon épaule et mon bras. La douleur physique me délivrait pour un temps de mes épines mentales. C'était vraiment bon.

— Profite de la vie, petite, je suis sûr que tu as plein de raisons d'en profiter.

Il s'était occupé de moi avec tendresse.

C'était une baraque de deux mètres, les cheveux teints en blond, une tête de cheval tatouée sur l'avant-bras, ainsi qu'une locomotive dans les roues de laquelle je découvrais des yeux.

Blottie contre lui, sur ce lit qui rappelait celui d'un cabinet médical, je regardais ses yeux verts surveillant le tracé précis de sa main sur mon épaule. Le grésillement de l'aiguille, qu'il retrempait régulièrement dans un petit flacon d'encre, la lumière presque bleue, l'odeur douce de la pommade et notre conversation qui progressait en même temps que son travail, tout m'enveloppait. À la fin de la séance cependant, ma peau était à vif ; l'encre n'y entrait plus. « Il faut finir vite », avait dit mon tatoueur.

Il avait grandi dans un quartier pauvre de Lille, et avait arrêté l'école à quatorze ans. Toutes les drogues, il les avait prises, toutes les conneries, il les avait faites. Dans une bagarre, à l'âge de quinze ans, il s'était cassé une dent et avait vécu ainsi les quinze années suivantes, avec sa dent de travers, « un peu comme la tienne, d'ailleurs ».

Depuis tout jeune, il graffait. Mais contrairement à ses amis, il ne se contentait pas de poser sa signature sur des murs ou sous des ponts ; lui y dessinait des monstres. Parce que c'était compliqué de voler des bombes de couleurs, il avait créé une association d'art plastique pour les enfants du quartier : les bombes seraient payées par la mairie. On lui proposa à cette occasion de peindre des fresques dans des bâtiments publics de sa ville. Et de fil en aiguille (!), il découvrit que c'était évident. Il fit une école d'infographie. Il finit par être repéré.

Désormais, il était un tatoueur reconnu ; on attendait six mois pour avoir un rendez-vous avec lui. Parallèlement, il continuait le street art, son travail était exposé. Il voyageait beaucoup.

— Tu devrais écrire ton histoire, lui avais-je dit.

— Je ne sais pas écrire. J'écris comme Ribéry.

Il restait un cabossé. Certains jours, lui non plus ne pouvait pas sortir de son lit. La mélancolie ne le lâchait jamais vraiment ; même si ce jour-là il était lumineux, je pouvais le deviner sans peine. Il restait en colère. Il pissait sur la politique, il n'irait pas voter.

Je repartis du salon avec un bout de mon histoire incrusté sur le bras. Cette enfance qui persiste, que je ne parviens pas à clôturer, et qui pourrait bien finalement prendre fin avec l'expérience de ces trois derniers mois.

Au-delà du tatouage, cet après-midi m'a fait du bien. J'ai compris, mais je l'ai toujours su, que j'étais du côté des cabossés. Parce que je leur ressemble et parce qu'ils me touchent, parce que je me sens bien en leur présence ; parce qu'on se reconnaît.

S'il faut choisir entre les forts et les faibles, entre ceux d'en bas et ceux d'en haut, je sais quel camp je choisis.

# REMERCIEMENTS

Je remercie :

Mes parents et Pierre, pour avoir toujours été présents et confiants, même dans les sales moments

Nadia, puis Mahir et Jeanne, pour avoir permis que ce texte écrit pour conjurer la souffrance devienne un livre

Philippe et Audrey, pour m'avoir encouragée à chaque début d'aventure

Et Manuel, pour tout.

CET OUVRAGE A ÉTÉ COMPOSÉ
PAR NORD COMPO
ET ACHEVÉ D'IMPRIMER
PAR LABALLERY (58500 CLAMECY)
POUR LE COMPTE DES ÉDITIONS JC LATTÈS
17, RUE JACOB, 75006 PARIS
EN SEPTEMBRE 2020

JC Lattès s'engage pour l'environnement en réduisant l'empreinte carbone de ses livres. Celle de cet exemplaire est de :
0,600 kg éq. $CO_2$
Rendez-vous sur www.jclattes-durable.fr

PAPIER À BASE DE FIBRES CERTIFIÉES

N° d'édition : 02 – N° d'impression : 009397
Dépôt légal : septembre 2020
*Imprimé en France*